少年的困惑：

一个 60 后的心路历程

曾颖泓◎著

中国华侨出版社

图书在版编目（CIP）数据

少年的困惑：一个 60 后的心路历程 / 曾颖泓著 .
—北京：中国华侨出版社，2017.10
ISBN 978 - 7 - 5113 - 7023 - 5

Ⅰ. ①少… Ⅱ. ①曾… Ⅲ. ①自传体小说—中国—当代

Ⅳ. ① I247.5

中国版本图书馆 CIP 数据核字（2017）第 204101 号

●　少年的困惑：一个 60 后的心路历程

著　　者 /	曾颖泓
责任编辑 /	桑梦娟
封面设计 /	大燃图艺
版式制作 /	大燃图艺
经　　销 /	新华书店

开　　本 / 880×1 230 毫米　1/32　印张：4　字数：58 千字
印　　刷 / 北京高岭印刷有限公司
版　　次 / 2017 年 10 月第 1 版　2017 年 10 月第 1 次印刷
书　　号 / ISBN　978 - 7 - 5113 - 7023 - 5
定　　价 / 25.00 元

中国华侨出版社　北京市朝阳区静安里 26 号通成达大厦 3 层　邮编：100028
法律顾问：陈鹰律师事务所　　编辑部：（010）64443056　64443979
发 行 部：（010）64443051　　传　真：（010）64439708
网　　址：www.oveaschin.com　E-mail：oveaschin@sina.com

如果发现印装质量问题，影响阅读，请与印刷厂联系调换

目录

童年的悲哀

一

星星出生在北方的秋天，她十个月的时候，大姨把她从寒冷的北方抱回到美丽的南方。那时正好是初夏，姥姥和大姨、小姨她们把星星从长途汽车站抱回家的路上，她看着路两旁摇曳的杨柳喜欢地跳手跳脚、好不高兴，姥姥和两个姨姨也被她的欢喜所感染。

高高兴兴地把星星接回了家，于是星星就在这样一个没有男丁的家里待了下来。

姥姥家在大湖之滨的鱼米之乡，一条小河从村前流过，河上有一座小木桥，连接着河西和河东，她们家在河东靠近稻田的那边。她们住的房子像一条长长的走廊，从前到后共分隔成四间，中间还有一个明堂。听说这房子是土改后剩下的，以前的房子是怎样的，那就不得而知了。就在这里，星星度过了她的童年时代。

姥姥自从她来了之后，就不再下田干活了，大姨、小姨小学毕业后都没能上初中，就在生产队干活。姥姥、大姨、小姨和星星一起睡在一张旧式大床上。星星刚来的时候是夏天，晚上总是哭闹个不停，又怕被蚊子咬，姥姥就抱着她在蚊帐里走来走去地哄她睡觉，那会儿星星刚断奶，还不大会说话，晚上饿了，就抓住姥姥的手喊"拿、拿"意思是想吃些干食。姥姥总是在河西的小店里买些饼干之类的吃食，等星星一哭闹，就拿几块饼干给她放在嘴里，她便不闹了。有时饼干没了，大姨、小姨便半夜起床烧火摊面饼给她吃。晚上睡觉之后，星星要撒尿或拉屎，她们就把一个红漆小马桶拿到床上来，让她坐。

星星回去后一直跟姥姥睡，姥姥有时把自己的奶让星星摸，星星对此很敏感，每次手一摸到便倏地缩了回去。

　　她们住在最里边的一间房子里，每天早上姥姥起来做早饭，星星一个人躺在大床上，从后面的木棱窗子外头，射进一束阳光，透进后面张家堂人家喂猪的声音和猪佬佬吱吱叫的声音。在星星空白的大脑中留下了深深的印迹，这是生活在给星星弹奏的交响曲，而猪的叫声和吃食的声音则是其中的一种音响。但这声音似乎有点太强烈，让小星星好奇的同时还感到一种恐惧。和小星星的家比起来，后面不知道是一个怎样的世界，似乎是个纷繁嘈杂的世界，一天来了一帮人拿着镐头闯进了小星星她们住着的那间房子，说是地下埋着金银财宝。于是这帮人不管三七二十一，将地下铺着的砖一块一块地掀起，并将砖下的土都刨开，终无结果悻悻而去。

　　她们家隔壁住的是西边姥姥家，和小星星的家隔着一堵墙，她家有个儿子叫扁头娃，而小星星的头也很扁，人们就叫她扁头婆，西边姥姥还有一个女儿叫小英，经常在门口的大石场上逗小星星玩儿。有时一边烧火一边把小星星抱在腿上。晚上两家门都拴了，西边姥姥就从墙洞里送来一碗回芽豆什么的，让小星星吃。

　　白天，姥姥要给大姨、小姨她们做饭，没工夫抱小星星，就把一张方凳倒过来放在门口，让小星星一个人坐在里头玩，这时小星星已经一岁多了，还没长牙。一天，玩着玩着小星星把凳子压倒了，嘴嗑在门槛上，姥姥听到小星星哇哇哭的声音赶快跑过来，抱起小星星，一看不好，嘴出血了，把姥姥吓了一跳，等她把小星星嘴上的血擦干净后一看，粉红色的牙龈上露出了两颗小白牙，这才放心。

姥姥家前边有个小姨娘和小星星的妈妈是堂姊妹，她后来的丈夫是大队的会计。有时，晚上在家里待着无聊，姥姥就牵着小星星到小姨娘家去玩。每天晚上他们家的八仙桌边都围着一群人，在那里计工分或是打扑克。冬天，姨夫手里总是拿着一个铜手炉，夏天手里拿着一把芭蕉扇，坐在八仙桌边，手抄在袖口里，眼睛咕噜噜地看着人。姥姥领着小星星在那里凑凑热闹，能搭上话就在那儿搭搭话，搭不上话就在旁边玩站。小星星个子还不及八仙桌高，像一条小狗似的在桌子底下及旁边走来走去，练练脚劲儿，趴在桌子上面的大人们说话的声音如一股合力一样影响着她的思维。到九十点钟要瞌睡了，姥姥领着她从东头稻田那条路的粪缸边回家，一抬头，满天的星星衬着月亮，跟着小星星和姥姥走呀走。姥姥会给她讲嫦娥和玉兔的故事，小星星好像进入一个梦幻的世界，她觉得天上一定有许多神奇的东西。

有时，姥姥抱着小星星到门口菜园里去挑菜，姥姥教她用两个食指点着说："虫虫飞，飞到姥姥家菜园里，姥姥出来放个屁。"每次说到这里，小星星都特别知羞地往姥姥怀里一靠，不愿再说下去了。她不知道为什么姥姥要教她说这首儿歌。

就这样小星星慢慢长大了，她的童年是孤寂的，在家门口的场院上，她看着妇女们在石臼里舂米；在通向河边的石板路上，她看着姑娘媳妇们淘米洗菜。

二

有一次，她和对门儿的再康在河边玩，再康把她的刀子扔到河里去了，两人相骂起来，再康骂她"地主婆，地主婆"，小星星被骂得哭了起来。姥姥去淘米，刚好路过这里，过来牵着外孙女的手说："你个细婊子啊，她是地主啊，我是地主喂，没有地，没有地你还没房子住呢！"旁边正好有哪家媳妇在门口听到了这句话。

说完这句话，姥姥自己也有点觉着不对劲儿，果然不出所料，晚上有人叫姥姥去大队开会，小星星和两个姨姨急得像热锅上的蚂蚁在家里团团转。姥姥不知什么时候才回来的，那会儿小星星已经睡了，只知道姥姥后来在床上哼了两天，没起来，听大姨、小姨她们悄悄说，"姥姥被人用大木棒夯了"。

星星三四岁了，她会做很多事情，她手里拿着两个大河蚌壳，沿着通向各家门口的石板路，满村转着捉鸡屎，她两只大大的眼睛看着在门口晒太阳的老头子，老头子也毫无表情地瞪着她。路过在门口做鞋底、说闲话的妇女们她总觉得背后跟着一阵轻声的议论。她捉鸡屎回来，正当中午，太阳高高地照在头顶，太阳的光线好像和高高的石墙平行似的垂直地照在小星星的头顶，在她的印象中那光非常强烈。

姥姥顶喜欢小星星，把她当成心头肉，大姨、小姨她们也不例外，每次上街回来，总要给小星星带些小笼馍头什么的，一次大姨、小姨她们到宜兴去卖东西，把小星星也驮去了。把东西卖完已经响午了，三个人肚子都饿了。在小吃店买了两碗馄饨，她俩谁也没动，等着小星星吃饱后，剩下的她们俩再吃几只垫垫肚子，没想到小星星把两碗馄饨都吃光了，大姨、小姨她们两人只好饿着肚子把小星星驮回家。

回到家里，姥姥已经烧好了中午饭，米饭锅上蒸鸡蛋，炒青菜，等大姨、小姨回来一起吃，比起大姨，小姨跟小星星更亲些，有时小姨在田里劳动时会拔些香边边草回来，编成一个小袋袋，给里面灌些糯米，放在饭锅里一蒸，喷香，一股粽子一样的清香扑鼻而来，有时候，大人们在田里发现一窝野鸡蛋，拿回来煮煮，分一两个给小星星吃，喷香！

傍晚时分，还没下工，姥姥在场院上家门口转转，嘴里自言自语道："不晓得吃什么？"小星星马上就会接上一句："姥姥，吃小笼馍头。"因为她吃过大姨、小姨她们给她从街上买回来的不多的几个小笼馍头，她知道那东西比其他东西更好吃。有时候小星星发了脾气，这个也不要吃，那个也不要吃，姥姥就说："不吃白淡吃。"小星星还不明白"白淡吃"是啥意思，就嚷嚷"我要白淡吃，我要白淡吃"。

姥姥喜欢小星星，甚至在些祖护她，一次，晚饭吃的是芋头咸粥,小东西就把里面的蚕豆嚼出来放在口袋里慢慢吃,小姨看见后就说:"蚤死孽!"(意思是脏死了)姥姥听见后就骂了小姨一顿,小姨撒憋气困在床一天没有起来,也没有吃饭。姥姥还偷偷让小星星叫小姨起来吃饭。

三

早上起来,吃完早饭,大姨、小姨下田干活去了。姥姥和西边姥姥坐在门口讲话,兔子没草了。小星星背上菜篮准备去割草,临走的时候西边姥姥说:"小星星,等割完草回来,给我家小鸡拔一把红花回来,放在篮底。"小星答应了,提着篮子向田里走去。沿着粪缸向北,一出村便是红花地。望着一望无际的红花地一阵轻风从红花地上空飘过,清新的空气沁入小星星的心脾里,顿时像学游泳者初次下水那样倏地有一种清新爽快的感觉,大自然的美使她忘乎所以。于是她伸手就到红花地里去拔了两棵红花草,当她正要拔第三棵时,猛然从哪里传来一个巨大的声音,向她袭来:"谁叫你来拔的?"说着就一个大步冲到小星星面前，揪着她的衣领吼道："走走，找你舅婆去！"说着就揪着她上了田埂，沿着河岸向南走去。小星星受到惊吓，不知道什么时候已将裤子尿湿了。三麻子把小星星拉到门口，姥姥和西边姥姥还坐在门口没离开呢，三麻子凶神恶煞地冲着姥姥就喊："你叫你外孙女去偷红花？"姥姥一听惊了一下，说了声："啊呀！"正准备往下说，西边姥姥马上接着说："是我不好，不怪她个事体，是我叫她帮我的小鸡拔把红花给小鸡吃。"就这样，三麻子才喋喋不休地走开。

大姨在家门口洗衣服，等三麻子走开后，大姨对小星星说："要是罚钱，让你妈寄钱来！"

也许是受了惊吓，小星星下午睡觉时就发起烧来，到了傍晚，天色已暗，还未醒来，睡在里边昏暗的大床上，小星星迷迷糊糊地梦见自己变成了一只秃鹰。当这只鹰飞到了一条柏油路上，心里就很舒服，当梦到鹰飞到一条煤渣大道上，心里就格外难受。后来她才知道那条煤渣大道即为妈妈怀她时走过的那条煤渣路。晚饭她也未能起来吃。到了晚上十点左右，不知道怎的还在床上拉了一泡屎。当时小姨、大姨和外婆也没有说她，赶快给她收拾干净，这次对小星星来说是一次致命的打击。

时光就这样地流过，到了1968年，四岁的小星星，已经很是乖巧，这在这年春天，小舅舅的学校因"文革"停课，所以从西安回来了，在家做了一段时间的农活，家里倒也未能因添一个男丁而带来多少欢乐，日子就这样一天天地过着，其间有不少人在给舅舅说媒。

过了一段时间，小舅舅要回学校了，就把小星星带去见妈妈和爸爸，到了西安，正好叔叔也在，并且马上要回成都，他非常喜欢小星星，说是要把她带到成都让爷爷见见。

四

经过宝成线上的颠簸，小星星感到特别疲倦，到了成都以后，虽然睡了一个晚上，仍不解乏。第二天早上上街转了一圈后，小星星就走不动了，她不想走，想让人抱她。爷爷丝毫不迁就她，训了她几声，才吓得她乖乖地自己走。

经过火车上的朝夕相处，小星星和叔叔已混得很熟了，星星喜欢叔叔，叔叔也喜欢星星。可是有一天，星星从外边回来，看见叔叔刚洗完澡，赤裸着上身，下面只穿了一条大红的三角短裤，对一个一直在姥姥身边长大的小女孩来说那个红红的短裤是一个不小的刺激，她无论如何接受不了叔叔穿的那个三角红短裤。

从那以后，她再也不到叔叔跟前去了，也不再理他了，细心的叔叔也发现了。一次叔叔手里拿着几块糖，硬把星星往身边拉，拽得她胳膊生疼，衣服也扯到一边去了，她死活就是不肯往叔叔身边去。叔叔好生奇怪地说："星星，你怎么不跟我好了？"

小叔叔比星星只大十岁，和星星能玩到一块儿，有一天，小叔叔拿了一卷铜丝握在手里玩，小星星见到了，就想要，小叔叔不给，星星就跳着脚哭了起来。爷爷听见后很生气，从小叔叔手里夺过铜丝，扔到窗外。小叔叔很生气，急忙跑到楼下去捡铜丝去了，星星觉得此时的小叔叔好可怜呀。

五

在爷爷家玩了几天后，星星就回到了自己家，妈妈在郊区的一所小学教书，爸爸在工厂工作，两人休息日

　　不是同一天，星期日，妈妈休息，她请了星星的大表哥和他的同学来家里吃饭，妈妈炒了几个菜，其中还有带鱼，放在大方桌上，让表哥和他的同学吃；给星星盛了半碗饭，夹了两块带鱼和一些菜，让她端在手里吃，自己去厨房继续炒菜。星星当时还没桌子高，吃完两块带鱼还想吃，可是够不着，粗心的表哥只顾和同学说话，也没管小星星。小星星就拿了一张小方凳放在大桌子下面，踩着想去够菜，不料板凳一斜，翻了，小星星也跟着倒在地上，碗摔成了两半，人压在碗上，小星星哇的一声大哭起来，等表哥把星星抱起来的时候，一股鲜血从她的鼻子和嘴上喷射出来，从鼻子直到嘴唇上划了一个大口子，妈妈过来一看，吓了一跳，大表哥抱起星星就往医院跑去……

　　鼻子上的伤口都拆线了，嘴上的伤口还没愈合，经常渗血。有一天，舅舅在外面洗衣服，星星坐在大床上抱着个装暖水瓶胆的硬纸盒在床上玩，玩着玩着，不小心将纸盒的角碰到了嘴唇上的伤，包嘴唇的纱布上立即渗出了血，星星不敢叫舅舅，开始她用自己的食指蘸着嘴唇上的血往墙上抹，后来，血流不止，她仍不敢叫舅舅，没有办法，她只好下床，坐在那张让她跌倒的小板凳上，低着头，让嘴唇上的血滴答、滴答地落在水泥地上，等舅舅洗完衣服回来时；星星嘴唇上流下来的血已凝成一个大圆圈。舅舅吓了一跳，赶紧拿出一条新的白毛巾，捂在星星嘴上，抱起她赶快朝医院跑去。到了医院，那条雪白的毛巾已经可以拧出血来了，医院不敢接收，只好转院，等在另一家医院安顿好时，已经是吃晚饭的时间了，医院还停着电，来到门诊室，一个老年女医生正给一个病人做假眼球，在昏黄的灯光下，一张慈祥的面容，她一边给那个病人做假眼球，一边过来用酒精给星星泡嘴唇上已发硬的伤口，还一边耐心询问着病情。从谈话中了解到，这个医生是个博士，并且还是爸爸那个厂的厂长的爱人，这下，关系就更近了。……她把伤口清洗干净，开始一针一线地缝合。缝好后她约定好了拆线的日期，说是到时不必再上医院来，到她家去就行了。

又过了几天，舅舅领着星星到医生家拆的线，拆完线舅舅马上就要回老家了。妈妈她们商量了一下，觉得星星失血太多，脸色蜡黄，妈妈又要上班，她还要带弟弟，并且那时妈妈肚里还怀着妹妹。没有时间照顾她，最后还是决定把星星仍带回姥姥家去。当天下午，舅舅就带着星星踏上了东去的列车。这样命运又一次地把星星带回到那个她既熟悉又陌生的地方……

少年的困惑

一

　　就这样，小晴在姥姥家长到了将近七岁。此时，妹妹也在老家，已经两岁多了。70 年代初眼看就要上学了，妈妈写信来做了安排，让小姨将七岁的小晴送到上海大妈家，大妈也在西安工作，老家在上海，她回老家探亲。妈妈让她将小晴捎回来，小姨带着小晴找到了上海大妈家，大妈带着小姨和小晴逛百货商场，给小晴买了一件灯芯绒上衣和一双藏蓝色皮鞋。小晴当时就在商场的长凳上换下了姨姨给她做的那双布鞋，穿上了新皮鞋。小晴人还小，百货商场人很多，让她觉得自己的头好像是在大人的屁股和大腿间碰来碰去，走着走着她尿憋了，也不敢跟大妈和小姨说，结果尿到了裤子上，连新皮鞋的鞋坑里都尿湿了。回到家里才发现大妈也没说她。后来，大妈和小晴坐火车顺利地回到西安，而后坐汽车到韩森寨，大妈却找不到家了。结果还是妈妈在三楼厨房窗户上伸出头来看见了大妈和小晴，叫她们这才到了家。

开学的日子快到了，妈妈带着小晴和弟弟来到了妈妈工作的也是小晴准备上学的老洞小学，弟弟比小晴只小两岁，又一直在妈妈身边。所以学校这里早就是弟弟的天地了，这里有他的小铁铲，还有他的两杆长筒木头枪，可惜都坏了。子弹也打不出来了，可弟弟拿着这两杆枪依然玩得很开心。

妈妈所在的老洞小学坐落在西安市东郊的灞河和老洞坡之间，是一个全日制中心小学。妈妈从50年代就在这里工作了，学校院子基本上是个正方形。面朝老洞坡，背靠石家道村。学校东边是几排平房，有教室也有老师的办公室兼宿舍。西边是学校的操场和一个厕所。小晴家在最后一排靠东边的那间办公室兼宿舍。

刚回来的小晴就和妈妈发生了一次冲突，具体原因已记不清了。只记得妈妈打了小晴一个耳光，结果将小晴的鼻子打流血了。小晴捂着鼻子哭着叫妈妈还回姨姨临走时送给她的新手帕。

这里的生活节奏很紧张，每天早上一大早妈妈就得起来做早饭，接着上午要上四节课。刚来时，小晴什么都不会，不会写字也不会数数，而弟弟则跟着妈妈的学生已学得能看报纸上的许多字了。看到小晴这样妈妈很着急，于是就亲自教小晴写名字，教了几遍之后，就叫她到隔壁教室的黑板上去练习写，结果她写了一黑板名字，"曹小晴，曹小晴，曹小晴"。当时那个教室里住着几个拉练的红卫兵大姐姐，正好从外面回来的一位大姐姐上前来好奇地问，你叫什么名字，小晴指着黑板说："你看我叫曹小晴。"

没过几天，她就在这所学校上学了。报到那天，交完学费，同学们都坐在教室，老师就问："你们谁会数数？"小晴鼓起勇气，怯怯地举起手。老师于是就叫她起来数数，她站起来：1，2，3，4，5，6，7，8，9，10，11，12，13，她开始数起来。她从1数到19接下来是20，可她将20数成了12，于是便成了：19，12，13，14，15，16，17，18，19，12，13……因此她数到

19又回到12，12，13，又数到19，下来又到12，这样
她循环地数了三四遍，怎么也数不到后面去。她心里很
着急也很奇怪，自己怎么数不到后面去呢？老师也不提
醒她，就让她坐下了。

这件事一直被埋在小晴的记忆深处，直到很多年
后，上了大学进了中文系的小晴意识复苏的时候，才使
她想起自己小时候的这件事，才想起自己数不到后面去
的原因。并觉得当时老师的教育方法也有问题，怎么不
提醒一下孩子呢？小晴还将这件事写成了一篇作文，文
章得到大学老师的肯定和表扬。

当时他们学校低年级教室的课桌都没有桌兜，是空
的，同学们的书包都没有地方放。老师就让同学们在课
桌侧面的木头棱上钉个钉子挂书包。开学前，妈妈没舍
得给她买当时时兴的那种红军不怕远征难的大书包，而
是买了一个稍微小一点的军绿色书包，上面没有字。又
给小晴买了一个窄窄的铅笔盒，上面也有南京长江大
桥，但不是那种宽一点的南京长江大桥的铅笔盒。小晴
对这两样东西都不太满意，无奈只好用着。

也许是因为小晴妈妈是老师的缘故，班主任就让小

晴喊起立。每次下课放学，叫完起立，小晴便背着书包急匆匆地往外跑，常常不小心将书包盖刮在了挂书包的钉子上，结果书包盖上刮了好多三角口子，后来连书包带都刮掉了，无法背了。小晴只好将书包带绑在书包盖的一个三角口子上勉强背着，放学后小晴和小伙伴们玩跳皮筋，他们将书包放在教室窗台上。学校的闫芳兰老师从旁边经过，看到小晴的书包便说："哟，谁的书包咋刮成这样子了？"小晴听了不敢吭声，觉得很不好意思。

上午上完四节课后，太阳已高高地从头顶上直射下来，小晴的教室在学校的前面。下课后往家走要经过东边的学校食堂，食堂附近飘出的带调和面味的饭香让小晴感到特别的饿，这让她很想吃学校食堂的饭。她回到家后，妈妈也下课了，让小晴去学校后头掐些野菜，再炒两个西红柿下面，不一会儿自己家里的饭就做好了，也顾不上思量食堂的饭香了。吃完中午饭，稍微休息一会儿又要上下午的课了。四点多放学后，妈妈还要开会。

那是一个深秋的季节，寒露已过，小晴带着弟弟在学校院子里玩，学校中间东墙隔壁有个很深的地道口。长时间以来，已很少有人再下地道了。地道口边上横着长出了一些草和槐树的枝条，将地道口虚掩着，但从上面仔细看还是能看见那是一个很深的洞穴。突然，不知怎的，弟弟不小心掉到地道里去了。吓得小晴赶快大声呼叫，妈妈和老师们在会议室听到呼叫声，赶快赶过来将弟弟救出送去医院。万幸弟弟没有呕吐，也没有摔成脑震荡，但半边脸又青又肿。妈妈心里很难受，埋怨小晴没看好弟弟。小晴心里也很委屈，心想他自己不小心摔的，怎么就怪我没看好他呢。

这里的生活压力很大，精神很紧张的妈妈两条腿的膝盖上及两个胳膊肘上都长了神经性皮炎，膝盖上的两大块皮炎尤其严重，常常奇痒难忍。有时课间十分钟，就得迫不及待地回到宿舍兼办公室，卷起裤腿使劲地抠。有时还拿刀子刮，直到抠刮出血来，才感到舒服些。实在没办法，有时还会用大蒜搽，拿青酸杏蜇才解痒。小晴从内心深处觉得妈妈真的好可怜！她小小的内心就感觉到这是妈妈精神过度紧张造成的。

二

上学不久，在一年级新生中要发展红小兵，小晴觉得自己好像并不出色，可老师在宣布第一批红小兵中有小晴的名字，小晴感到很惭愧，觉得自己好像不够格。入队那天，第一批入队的红小兵，排着队走向讲台，由高年级的红小兵给他们戴红领巾，戴完红领巾就行队礼。小晴那时还小，不懂得这个仪式的意义，只是觉得很茫然。

上课之余，学生中间有一些连环画书互相传着看，其中有一本连环画叫《孙悟空三打白骨精》，小晴看了觉得挺有意思，白骨精几变其身，都逃脱了，孙悟空都没将她打死。而弟弟看了白骨精老打不死，而且变化多端，就觉得很可怕，吓得他常用双手捂住眼睛，直喊好害怕噢！好害怕噢！小晴觉得弟弟傻乎乎的，其实小晴只比弟弟大两岁。

还有一件事使她非常难忘。那是1971年，和小晴紧挨着邻座的那个男生，他妈妈当时是他们那儿合作社的主任。这个男孩长得白白的，大大的眼睛，很帅，而且乒乓球打得很好，才一二年级就会横握大刀拍打球。他每次去操场打球，小晴总忍不住要去看，心里非常佩服他。有一天，他用彩色铅笔将课本插画画的军用棉被上的九个方格各染一种颜色，九个方格涂上了九种颜色，并且涂得非常细致、协调，各种颜色一点也没有互相混杂。老师在领读课文时，曹小晴无意中看到了邻桌的杰作，非常羡慕。于是也学着他的样子，用蜡笔将自己的课本也涂了起来，结果因为用的不是彩色铅笔而是蜡笔，又太粗心，导致每个格子里的颜色都溢出来了。互相混杂效果很差，甭说别人了，就小晴自己看了都觉得非常不满意，无奈也只好如此。

鬼使神差，就在那天下午，那位男生的课本恰巧就忘在了教室。曹小晴打扫卫生时发现了他落下的那本书。她真的太喜欢他那本书上的那个涂色了，于是就将自己的书和那位男生的书调换了一下。无奈曹小晴的书的侧边写满了自己的名字。一不做，二不休。曹小晴就拿起毛笔蘸上墨将侧边都涂成了黑色，这下她那本书就面目全非了。曹小晴顾不上这些，就将她自己的那本书放在了那位男生的课桌里。忐忑不安的心情一直笼罩着她。下午就有人将她的那本书交给了老师。

第二天上课，老师正领读课文，忽然那位男生举起手站起来说自己的课本不见了。老师到办公室将同学拾到交给老师的曹小晴的那本书交给那位男生，并问：

"这有一本书，看是不是你的？"当时曹小晴的脸唰地一下红了，她非常难堪。她当时心里特别希望那位男生不要吭声，将她的那本书拿上。结果事与愿违，那位男生立刻就说："这书不是我的！"后来的事曹小晴已经没有印象了。但当时曹小晴的心里活动她一直记得很清楚，就是希望那个男生不要说出那本书不是他的。书是怎么换过来的她已记不清了。结果肯定很尴尬，后半学期小晴一直拿着那本面目全非的书，坚持到期末。

那时候，有一种竹杆油笔，大部分同学都在用。小晴不缺这种笔，因为妈妈的粉笔盒里总有她班的学生捡到这种笔，交给老师的。妈妈有时会问学生谁丢了油笔，有时就随意放在粉笔盒里，曹小晴常常拿这些油笔用。但不知为何，自己也总丢油笔，有时，她刚从妈妈的粉笔盒里拿了油笔写字，课间就不见了。无奈，只好再在妈妈的粉笔盒里找，好不容易又有学生交给妈妈捡到的油笔了，小晴拿着用了两三天又丢了。小晴奇怪又懊恼，自责自己怎么总是这么粗心大意。

接下来全国开始了批林批孔运动，有一天，妈妈郑重其事地对小晴说："现在开始批林批孔了，你要老实点。"小晴走到食堂的对面的山墙边，发现墙上也贴上了老师们写的批林批孔的文章，小晴也看不懂这些文章是啥意思，心想批林批孔和我有啥关系。

在批林批孔活动开展的时候，各村都有故事组，讲关于批林批孔的故事。有一天晚上，她和妈妈的学生去石家道玩，村里搞活动，村民们集中在大礼堂听讲故事。村民们席地而坐，围坐出一个半圆形的场地，讲故事的人在中间讲故事，记得讲的是"西门豹治邺"的故事。其中讲故事的人讲的一句话，让小晴至今记忆犹新，即"漳河的水哗哗地流着……"

还有一次老师布置了一篇作文，小晴不会写，妈妈教她写。她就是不会，结果妈妈只好说一句她写一句。小晴记得有这么一段话，"我沾染了资产阶级思想，爱吃好的爱穿好的。"这句话使她印象非常深刻，但小晴心里想，我怎么就有资产阶级思想，怎么就爱吃好的爱穿好的呢？

三

小晴也就一二年级的时候，她就已经会擀面了。秋天来了，菠菜长出来了，有一天妈妈用小奶锅焯了些菠菜叶子，妈妈马上要去上课了，就吩咐小晴，等小锅里的菠菜水晾凉后再和面，擀菠菜面。妈妈走后，小晴等了一会儿，就开始和面，面和好后就开始擀面。她正擀着面，妈妈下课回来了，就问："菠菜水凉了没？"小晴支支吾吾说不上来，妈妈就嘟嘟囔囔将小晴数落了一顿，说："焯菠菜的水还没晾凉你就和面。把面都烫死了。"小晴吓得也不敢吭声。长大后的小晴想起当年这件事，心想我的手都不烫了还能将面烫死。当时的妈妈总是让人觉得那么难以亲近。

说着菠菜面也擀好了，切成了方块块，捣些蒜，泼些辣子面，吃蒜蘸面片。妈妈在此地已待久了，入乡随俗。此地的饭已经做得很娴熟了。其实，妈妈除了因为压力大脾气不好，对小晴和弟弟没耐心外，还是蛮能干的。

当时用的是蜂窝煤炉子，用现成的炉瓦箍的炉子不好用，妈妈就自己动手，用理发剪下来的碎头发和黄泥搅和在一起，自己做炉芯，果然糊出来的炉子很好用。

夏天，妈妈买了两个凉皮罗罗，学着当地人自己蒸凉皮。秋天来了，学校后门口的蒜苗地里的荠荠菜长得特别茂盛。清早起来，蒜苗的叶子上都挂着晶莹的露珠，湿湿的，地气很浓重，小晴去香菜和蒜苗套种的地里挑荠荠菜，秋天地里的荠荠菜格外鲜嫩。虽然是挑野菜，小晴还是觉得到人家地里挑菜好像名不正言不顺。果然过来一位中年妇女问小晴："你得是邱老师啊娃？"小晴回答："就是的！""你挑！你挑！"说着就离开了。小晴挑完菜回去把这件事告诉妈妈，妈妈很感动。

深秋季节，学校后面的菜花地里已收完菜花，但菜花根满地都是。不知是哪位老师的创意，说拿菜花根的芯能腌泡菜，于是小晴和其他老师的小孩去地里拔菜花根。不一会就拔回来了一大堆，堆在房子中央。妈妈和小晴一起用镰刀片将菜花根的表皮削掉，用里面的芯腌泡菜。秋冬季节泡一个星期，吃起来刚好，泡的时间再长些，菜花根颜色就会变成粉红，就有点过了。小晴削着削着，一不小心削到了自己的左手无名指。鲜血立刻从手指头上淌了出来，小晴摁住手指，妈妈把消炎粉撒到伤口上，那时没有创可贴，就用纱布包好，还好，那块不太大的伤口几天就长好了，好了以后，仔细看还是有个小印子。

　　那时，他们生活得相当不容易，妈妈每月工资只有45块钱，粗粮居多，又没米吃。小晴他们家有个灰色的瓦缸，里面放着粮食。可老鼠经常光顾，妈妈就用几块木板拼起来将面缸盖住。可老鼠仍不死心，经常在夜间出来活动。有时在床底下，有时在顶棚上，半夜醒来都能听到老鼠跑动的声音。妈妈便想办法消灭老鼠，她把馒头拌上鼠药，放在老鼠经常出没的地方。有时老鼠吃了鼠药，死在了地上看不见的砖底下，所以不易被发现。但妈妈的鼻子很灵，她能闻出来，于是就把床板抬起来，把床底下的砖撬起来到处找，总能找到。有时候，妈妈去谁家，如果有死老鼠，妈妈立刻就能闻出来。并能将老鼠死的位置找出来。但妈妈的眼睛一直不好，是青光眼，做过手术。心眼，心眼。心急，眼才不好！

　　冬天来了，天寒地冻，洗脸毛巾和脸盆里的水都冻住了。早操的时候天还没亮，同学们都到学校操场上跑步。此地的农村女孩一人用一块方巾，对折成三角形包住头，然后用前襟的两个角搭过来编在脸颊两侧，而鼻子正好被搭过来的方巾遮住，像个口罩，小晴的好多女同学都这样包头，她觉得很稀奇，也想这样包。可她没有北方这样的方巾。有一天，妈妈的一个学生捡到了这样一块方巾，交给了小晴的妈妈，小晴拿着这块方巾学着同学们的样子包头，而妈妈则给小晴买了一个桃红色的风雪帽，颜色很鲜艳很好看，当时同学们都没有这种风雪帽，小晴也很喜欢，但她还是有点眼热同学们的方巾，觉得很稀罕。

冬天的时候，小晴班里的女同学都会戴一副棉袖套，她们的袖套做得很窄，一副袖套紧紧地套在手腕上，双手插到袖套里，很暖和。小晴也很想要一副这样的袖套，但妈妈给她做的一个大而宽的袖套，两只手同时插到里面还晃荡，一点也不暖和，课间小晴常常会把同学们的袖套拿来戴在手上，又稀奇又暖和。

冬天很冷，妈妈就拿些旧毛线教小晴打毛袜子。打毛袜子最主要是打脚前头和后跟。妈妈教小晴打，先起头，然后两边同时收针，收到脚尖处，再调过头来两边同时加针。就这样打着加着到起头处，再挑起针转着打。小晴很快学会了打毛袜子，接连给妈妈弟弟和自己打了好几双。打了毛袜子，又学会了打手套。打手套最主要的是分大拇指，小晴不仅学会了打四个指头并在一起的手套，还会打五个手指头分开的手套。

小晴和弟弟的棉鞋是老家的两个姨姨做的，赶在冬天来临之前姥姥就寄来了。但小晴穿鞋很费，新棉鞋没穿多长时间，就把鞋帮子踩斜了。妈妈说小晴穿鞋像牛马。

妈妈小晴和弟弟的棉衣，都有点宽大，穿在身上晃荡，身上的热气在宽大的棉衣下都散跑了。为了保暖，妈妈就让小晴他们只扣棉衣领子底下的第一个扣子，至多扣到第二个扣子。然后把棉袄的两前襟搭过来，裹紧，腰间绑根布裤带，然后再穿上罩衣。下雪天冷，可小晴跟伙伴们在雪地里玩得挺痛快，以致布棉鞋的鞋底都被雪擦得干干净净。天晴了，雪化了后，第二天早上又冻住了，房檐下面都结出了一尺多长的冰凌子。小晴她们把冰凌子用竹竿打下来当冰棍吃。

在这个冬天，有的同学从家里拿烤红薯会分给小晴一点吃，小晴吃得特别香。同学说这烤红薯是在家里的灶火里头烤的。还有的同学家蒸的红薯馍也特别好吃。就是把生红薯擦成丝晒干，然后磨成面，再用这面发酵，一般发不起来，但蒸成馍，甜甜的特别香。小晴记忆犹新。

那时候，妈妈将姥姥从老家寄来的黑芝麻，炒熟擀碎，放些白糖，烙成小糖饼吃。一个周末，小晴一家回爸爸那里，妈妈发了面，就烙了些小糖饼。小晴周一到学校拿着小糖饼吃，小晴的同学刘小燕看着小晴饼里的黑芝麻说："你咋拿炭渣烙饼呢？"小晴说："那不是炭渣，那是黑芝麻！"

四

到了春季，小晴班里的同学开始养蚕，那时的天气乍暖还寒。同学们都拿个香脂盒养蚕。因为香脂盒不大，到蚕大一点的时候，小香脂盒里只能放几条蚕，里面放些桑叶，盖上盖子放在口袋里，身上的体温温暖着蚕，但小晴心想：蚕在那么狭小的空间里，不会被闷死吧！

当时同学们中间还流行着这样一种说法，说将吃过的嫩桃仁，用棉花包上，放在耳洞里20天就能孵出小鸡，小晴对此将信将疑，心想桃仁怎能孵出小鸡呢？于是她想就将棉花裹着桃仁在耳朵洞里放20天，看到底能不能孵出小鸡。但棉花放到耳朵洞里不舒服，小晴没坚持几天，也就不了了之了。

倒是妈妈有时会让老母鸡孵小鸡。小晴特别喜欢毛茸茸的小鸡，尤其是小鸡那一身鹅黄色的毛让她很欢喜。那时，小晴内心很干涸，没有什么温暖，心里不畅快堵得慌。但一想到那毛茸茸的小鸡黄，心里一下子就很舒服，柔软，温暖。

夏天来了学校还放忙假，去帮生产队拾麦穗。本来带队的老师觉得小晴是老师的孩子，农活不一定行。谁知小晴眼尖手快，拾起麦穗来一点不亚于其他农村孩子，于是回来她就对小晴妈妈说："你家小晴拾麦子，手来得个快！"

收完麦子过忙罢会，有的学生和老师给妈妈拿曲联馍。这种馍是发面的，里面和些油盐和花椒叶，再用梳子在面上做些花纹，盘成龙形上大锅蒸。蒸好盘起来整个放在馍笼里走亲戚去拿着，吃的时候切成块。有的老师还拿大茶壶给妈妈拿稠酒。这种稠酒当时是拿苞谷做的，很好喝。这个时候小晴如果到农民家去玩，他们就拿搪瓷盘子盛着黄豆芽炒粉条，吃着曲联馍，喝着稠酒招待小晴。

妈妈也学着当地人，烙韭菜盒子，蒸花卷，包饺子，蒸包子，啥都会弄。

妈妈学校调来一位老师叫王淑珍，她爱人是中学老师。就住在和小晴家同一排的西头，靠后门那个房子，这家有两个孩子，老大是男孩，小的是女孩。两口子两个小孩，一男一女，阴阳平衡，小晴很羡慕这家人的和谐。这家的男主人姓谈，在东边的一个中学当老师，谈叔也是南方人，他和妈妈是半个老乡。冬天他穿一件中式棉袄，脖子里围一根枣红色的围巾，一头在前，一头在后，很有风度，很像"五四"时代的年轻人。这家人的到来使妈妈和小晴家的生活变得不那么单调了。妈妈总说谈叔很聪明能干，说有一次路过一个地方，看人家在那里编棹滤，他站在旁边看了一会儿，就学会了。于是回家用细铁丝给自己家编了一个。那时候工资低，谈叔家和小晴家都买不起大蒸馍锅，用铁锅蒸馍只能蒸一笸，蒸得太少吃不了多久。于是谈叔就用工地上筛石子的筛子的铁丝网编了一个笼笸，上面那层笼笸还编有两个脚撑着。就能蒸两笼笸馍。小晴家每次蒸馍都要去借谈叔家的笼箅，小晴觉得老麻烦人家有点不好意思，可她看妈妈似乎显得无所谓，因此觉得妈妈很粗心。

五

除了这些尴尬的事之外，小晴的生活过得还是相当充实和阳光的。学校老师的孩子在一起玩得非常开心，小伙伴们经常结伴去爬老洞坡，坡上有小蒜，还有酸枣。当时盛行"农业学大寨"。学校为了配合"农业学大寨"，决定在老洞坡机瓦厂东边一侧用石灰写上"农业学大寨"几个大字。于是动员全校学生排成一队，从坡下的机瓦厂一直排到老洞坡上。把机瓦厂破损的瓦片一片一片从坡下往上递，用这些瓦片镶在农业学大寨几个大字的四周，然后在瓦片中间撒上白石灰。这样从学校门前的公路上经过就能看到老洞坡上"农业学大寨"五个大字了。虽然活动开展得非常有趣，但小晴感到不解，原因是西边的何家街村的坡上已经有了这样的"农业学大寨"几个大字了。他们为什么还要再镶这大字呢?

还有学校后面的灞河，也是小晴跟着小伙伴经常去的地方。到了春天，春风吹得发着嫩芽的灞柳婆娑，小伙伴们折下柳枝撸成花状，编成草帽戴在头上，或拿在手里当鞭子玩。在小草抽薹时，抽小草的草薹吃，嫩嫩的草薹毛茸茸的，吃起来有点甜。

稍大些后，大约小学二年级的下半学期的夏天，学校组织全体学生去灞河捞石头。为了修筑水坝，小晴和同学们拿着铁丝编的筐子，站在齐腰深的灞河里捞石头。用铁筐子把河底的鹅卵石捞起来，筛掉小石头，将大一点的石头捞出来用铁丝网网起来修筑水坝。那清清的河水都能看见河里的鱼儿在水里游。

在灞河的沙滩上小晴和小伙伴们挖一个沙坑，里面立即渗出水来。用脸盆在河里舀鱼，有时一次能舀上一两条，不过也有时一条也舀不上，舀到的鱼养在沙滩的水坑里。看着鱼儿在水坑里游，心里有说不出的喜悦。

在靠近小晴他们捞石头筑出来的水坝处，水比较深，但也没有没过小腿，小晴带着几个老师的小孩，在水坝跟前的水塘里爬来爬去，嘴里说着"游泳，游泳"，其实，他们那时也不知道怎样是游泳。把短裤和背心都弄湿了，就光屁股穿上裙子，把湿裤衩和背心脱下来搭到高而密的青草上晒干。

夏天青蛙产卵的时候，傍晚时分太阳向西去了，干燥的土地开始向空中散发热量。这时候农民在干燥的气息中放水浇地，小水沟里、渠里，有许多黑色的小蝌蚪在水里游，小晴和小伙伴们用泥土围城一个个小水塘，水塘中放些水，把渠里的蝌蚪引进去游，小蝌蚪游得好开心啊！

那时候每隔一段时间，小晴他们都要到公社参加文艺汇演，全公社的十几所学校的老师和文艺骨干都到公社的中心小学毛西小学去，每次演出场面都非常热闹，表演的节目有《追报表》《小八路见到毛主席》等节目。等演出结束后各自散去，在回家的路上妈妈让有自行车的老师把小晴捎上，有时小晴和妈妈一起走回来。回来时有很长一段路上，没有村庄好寂寞。小晴当时不理解"天下没有不散的筵席"这一情结，总觉得刚才演出那么热闹，一眨眼人们各自散去，感到很惆怅，好像有一种失落感。

小晴生得很乖巧，学校老师都很喜欢她，唱歌老师刘智敏也很喜欢她。小晴在学校文艺队里唱歌跳舞，有一个冬天的晚上，文艺队出去表演节目，妈妈让小晴把一件紫红色的全毛背心穿在棉袄里面，以御冬寒。文艺队表演完节目回到家里，妈妈发现小晴的毛背心不见了，就问小晴毛背心哪去了，小晴说不出来，不知道。妈妈就让小晴到换衣服的教室去找，也没找到，妈妈就嘟嘟囔囔地说，那是一件全毛背心，肯定是刘智敏老师拿走了。小晴觉得不可能，一定是妈妈小心眼，所以不以为然。那时有一首歌《延安窑洞住上了北京娃》，是一首女高音独唱歌曲，刘智敏老师课余时间教小晴唱，小晴学会了，唱得很好。最后的高音也能唱上去。于是早操过后在学校的乐队伴奏下，小晴在学校舞台上独唱了这首歌曲。赢得了全校师生的瞩目，台下的一位社员，看着小晴的演出，不停地问旁边的人："喔谁啊的娃？喔谁啊的娃？"旁边的老师拿嘴努努小晴的妈妈说："嗯！"妈妈看着小晴在台上的出色表演，心里有说不出的喜悦。

小晴在语文和算术两门主课中，喜欢学算术不喜欢学语文，觉得语文浩如烟海，无穷无尽，而算术每学期就那么多内容，小晴能完全掌握，但却得不了满分，因为粗心，常常不是因为应用题忘了单位名称，就是忘了写"答"。

六

刘村的王院利对小晴非常友好，几次都带小晴去她家玩，每次去她家，都吃的是旗花面就馍。小晴清楚地记得，王院利家的厨房有一个大案，案旁灶台上支了一口大锅，王院利的妈妈用上好的面粉，在案上擀一擀杖面，切成菱形块，下到水开了的大锅里，放些菜，然后在大铁勺里放点油，把铁勺放到锅底的灶火里，等油热了冒烟了之后将蒜苗花放在铁勺里，刺啦一声，再放到面锅里。因为要就馍，所以面下得稀稀的，再稍撒些面粉，糊糊的，特别好吃，这在当时算是好饭。

小晴有时到妈妈班里的亚利家去玩，有时还会在亚利家住一晚上。亚利的闺房中有一张炕，炕边有一个木头做的板柜，板柜里通常放些玉米或麦子。此地的早饭通常是包谷糁，包谷糁熬得稀稀的，吃咸菜就馍，冬天的咸菜一般是咸萝卜，有时也有萝卜缨子酸菜。等喝完包谷糁，大铁锅底下的新鲜锅巴，用小铁铲铲一铲，卷得像裙边一样，因为是沉到锅底的精华，所以特别香，小晴最喜欢吃这种不是很干的新鲜锅巴，很香。

何家街的小华对小晴也很热情，课间或课后都主动找小晴玩。最让小晴纳闷的要数何家街的刘爱利，她总是用一种特殊的方式孤立她，因此小晴觉得背后总有一双眼睛盯着自己，小晴觉得自己背后的那双眼睛就是刘爱利。这让她在班里感到有些难受。可能是刘爱利对她有一种年少的忌妒吧。

妈妈教的班在她们年级学习成绩最好，同时体育成绩也最好。有一年运动会前，妈妈班的学生在小晴家即妈妈的办公室，围在妈妈的身边报运动会项目，小晴在一旁做着饭，妈妈的学生石晓东几次侧过脸看看小晴，得意的神色似乎在说，看你妈妈对我们比对你们好吧！但小晴能感到那目光是善意的。

小晴在学校和大部分同学都玩得来。但有一次小晴和几个高年级的同学下到地道里去玩，地道里很黑，进去后伸手不见五指，小晴突然觉得一只邪恶之手捏住了自己，她用力想掰开这只手，可这只手劲儿很大，根本掰不开，她向四周看，想看看到底是谁的黑手，可四周漆黑一团，根本看不清。就在这时听见妈妈在地道口叫小晴的声音，这只黑手才慌忙松开了。小晴一直不知道这只黑手是谁的，这也是小晴内心的一个秘密。

那时小晴还小在低年级，秋天的淋雨季节，下了好多天雨，本地的高年级同学都穿个蓑衣，戴个草帽，脚上绑了两个小板凳，这种小板凳在当地叫作泥屐子。因为当时下雨天没有雨鞋，将这种小板凳绑在脚上将脚垫高，防止泥水沾到脚上当雨鞋用。中午下着雨吃完中午饭，高年级的同学都早早来到学校，因为下雨，同学们都集中在教室或教室门口的房檐下，高年级的同学因为穿了泥屐子，而显得更加高大了，加上人员稠密，让小晴感到一种被压迫感和对人性的恐慌，即觉得自己是弱小的。

（七）

小晴回到妈妈身边后就感觉到爸爸妈妈的感情不怎么好，爸爸妈妈各在各处平时都很忙，只有星期天，有时一周有时两周妈妈才带着他们一起回爸爸处，那时他们才会见上一面，见面之后还会吵架，而爸爸也很少会去学校看他们。偶尔去一次总是空手而去，去了就对妈妈说，"我还没吃呢"，一听这话，妈妈心里就很生气，嫌爸爸不会关心人。以至于每次爸爸去妈妈处，弟弟都会不让爸爸睡觉，说没有爸爸的床、被子和枕头。

后来，爸爸不断地就开始提出离婚，当时离婚要先让单位领导签字，因此妈妈就找到爸爸单位的领导说自己不同意离，单位的领导不在爸爸的离婚申请上签字，因此，爸爸想离婚也离不成，这件事就一直这么拖着。在这种情况下妈妈却从不顾影自怜，不觉得自己可怜。总是一心扑在工作上。工作之余还要忙家务和孩子，小晴理解他们的情况，那是因为爸爸要的感情妈妈给不了，妈妈又嫌爸爸不够体贴她。

（八）

从老家回到老洞小学这几年的生活，还是很丰富多彩的。四岁那年回老洞小学，当时学校有个男老师叫郑兆本，他有个女儿叫郑西平，她和曹小晴年龄相仿，都是四五岁，两人总在一起玩。有一次小晴去西平家玩，西平家的蜂窝煤炉子已经烧乏了，里面的煤已经看不见炭火的红颜色了，不知怎的两个小姑娘就商量，将脸盆里的半盆水倒进炉子里，结果扑哧一下，倒进炉子里的水顿时变成水蒸汽，从炉芯里蒸腾上来，一下子将小晴端脸盆的左手的每个手指节上都烫出了泡。正在这时，妈妈喊小晴了，小晴吓得赶快往回跑，跑到家，妈妈说要带小晴回城里去姨妈家，于是小晴跟着妈妈往车站走去。出了校门，妈妈要用右手去牵小晴的左手，因为小晴的左手指烫的都是泡，妈妈拉她的手就很疼，但小晴不敢说，就把左手慢慢地从妈妈的右手里抽出来，想用右手去牵妈妈的左手，妈妈也没发现小晴做这一小动作的原因，这是她四岁那年回来时的事情，却一直都保留在小晴的记忆深处，等她七岁再回到老洞小学时，西平的爸爸已经调走了，她自然也就再没有见到西平。

　　妈妈有时不高兴，会发脾气骂小晴。有一个星期天，妈妈、小晴和弟弟，都回到韩森寨处过星期天。第二天一大早，妈妈让小晴拿肉票买了两斤肉回来，然后剁肉包包子，包子包得多，星期一可以拿在学校的炉子上烤一烤吃。下午快回老洞小学时，妈妈让小晴去北头商场买东西，小晴路过北头菜场，看见菜场堆了一大堆烂小白菜，其中还有一些未烂的小白菜，有人在里面挑，小晴也在里面挑了一小把。她本想不花钱的菜，拿回去妈妈一定会很高兴，谁知回到家，妈妈却说，马上都要回学校了，捡这些菜有啥用，于是就将这把青菜放到了从宜兴老家拿来的那种砂锅里，然后妈妈带着小晴和弟弟妹妹回到了学校，接下来两个星期，在紧张忙碌的生活中度过。到第三个星期才回来。结果你猜怎么着，放在砂锅里的那把小青菜都腐烂长蛆了，并且蛆都变成了蛹。爸爸每天下班回来在房间里看书睡觉，来来回回竟没发现这腐烂的小白菜以及其发出的臭味。爸爸就是这样一个油瓶倒了都不扶的人。但小晴心里挺理解爸爸的，爸爸是一个一心扑在工作和学习上，把搞科研当作命根子的人。

老洞小学是妈妈孕育小晴的地方，自然她在这里也不觉得陌生。学校对面的老洞坡下，有一个机瓦厂，学校老师都去机瓦厂洗澡，妈妈也带小晴去那里洗澡。机瓦厂的澡堂很简陋，只有两个水龙头，放衣服的地方也没有柜子，而是将脱下来的衣服放在外间的草帘子上，洗澡的人又多，还要轮着到水龙头下去冲淋浴，所以小晴每次洗澡都不太情愿。当时机瓦厂的几个家属，在洗澡堂旁边安装了个用汽油桶做的大火炉打烧饼，炉子上用铁链吊个平底锅，先将烧饼在平底锅上烙，然后再将平底锅吊起，将烧饼围放在炉膛四壁烤。因为每个烧饼里，都放了些油盐和五香面，烤好的烧饼吃起来很香。学校老师都很喜欢买给孩子们吃，妈妈有时也会买给小晴姊妹几个吃。

九

当时自行车是稀罕之物，小晴家就没有，小晴的同学蒋鸣推了一辆自行车在学校西边的操场上，学骑自行车，小晴也跟着学，因为人小腿短，坐在自行车车座上，脚要够着脚踏板都费劲。练着，练着就练到了黄昏，天慢慢暗下来了，小晴不小心摔了一跤，把屁股蹾得生疼，起来发现车把那儿的那根铁丝般粗的钢筋摔断了。天黑了，蒋鸣急忙把车子推回家了。小晴回到家，告诉别人说摔了一跤，把车闸那儿摔断了，别人说，那是把车把摔断了。小晴听了吓了一跳，心想如果蒋鸣回家发现车闸断了，明天早上来找我咋办。晚上，她怀着忐忑不安的心情睡去了，但第二天竟没见蒋鸣有任何反应。

学校操场的西边有两个沙坑，一个跳高的沙坑，一个跳远的沙坑，跳高的沙坑旁放着一副跳高架和一个跳杆。妈妈说让小晴去练跳高，下午放学小晴一个人独自去练跳高，小晴只会跨越式，从低到高，从80公分一直能跳到一米，小晴一直将跳杆升高，甚至能到一米二，但小晴知道还有一种背跃式跳法，但她不会。在另一个沙坑前，小晴也学过跳远，立定跳远及三步跳，但她跳得不太远。

没过多久，学校就开了一次运动会，运动会上小晴参加了一个项目接力赛，轮到小晴跑时，她使出全部力气拼命跑，但却感到自己跑不过旁边的人，觉得很奇怪。下来时妈妈说她跑得慢，说看着别人都追上来了。

当时他们学校有两个唱歌老师，刘智敏和曹香莲。学校有一架风琴和一台手风琴，两个老师都想用手风琴。不过刘智敏老师总是能占用手风琴，而曹香莲老师每次都只能让学生们去抬笨重的风琴，因为刘智敏跟当时的校长关系不一般，而曹老师也无意于和刘老师争。但小晴心里，总暗暗地替曹老师打抱不平。小个子刘老师上课时拉着手风琴很投入地教学生唱歌，课下小晴有时也会去刘老师那里去玩儿，刘老师会简单地教小晴拉手风琴，学着拉手风琴的小晴因不懂乐谱，就在手风琴的琴键上标着简谱1，2，3，4，5，6，7，i等记号，这样学起来容易些，拉一会儿就能简单地看简谱拉曲子了。

那时候学校晚上办了一个乐理知识培训班，主要教附近几个村爱好音乐和爱好乐器的年轻人。主要由音乐老师刘智敏和学校几个音乐爱好者负责教课及管理。妈妈让小晴也跟着去参加这个培训班，就小晴一个小孩，但授课时间是晚上。刚开始几次课，小晴还听得很认真，也能听懂。无非讲些二分音符、四分音符、八分音符等，她也容易接受。但随着课程内容的深入，小晴接受起来有些困难了，又因为是晚上上课，白天上了一天课的小晴，到晚上的乐理培训班上就打瞌睡，有时她强打起精神，使劲儿睁开眼睛力图好好听，但是又有许多听不懂的地方。慢慢到后期小晴每次去听课，总是在课上睡觉，美美睡一觉，下课时大人们叫醒她，离开教室，然后再回去睡觉。她的表现让她自己都觉得不好意思，不过大人们也没有计较，谁也没有说她。

因为她小时候的经历以及随妈妈过得紧张的生活，让她的潜意识之中总有一些焦虑。这在她平时的行为中也有所反应。如她会在上课，或自习课上总是咬铅笔的尾部，要是带橡皮的铅笔她能把包橡皮的金属壳咬得变了形，把橡皮咬烂了。要是不带橡皮的铅笔，她能把铅笔的另一端咬烂。

十

妈妈在附近的村子有两家像亲戚一样走动的人家，分别是石家道带过妹妹的选玲姨家和莫灵庙带过弟弟的淑娃姨家。妹妹小时候，让选灵姨的妈妈看过，每天早上妈妈上课前，由选玲姨来接妹妹。有时下雨，道路泥泞，就由爷爷也就是选玲姨的爸爸来接妹妹。爷爷个子很高，也很魁梧，他穿着一个大氅。妈妈喂完奶，爷爷把妹妹从妈妈手里接过去，撩开大氅的两个前襟，把妹妹包在胸前，腰间用腰带一绑就走了。爷爷就这样迎着穿泥屐子来上学的高年级学生回村了。

当时正是"深挖洞，广积粮"的时候。学校里都有挖的地道。农民家里也有地道，有时还会拉警报。

警报一响，人们都要下到地道里去。有一天，妈妈亲自送妹妹到选玲姨家，奶奶也就是选玲姨的妈妈，她对妈妈说："旭贞，拉警报咋办？"说完了似乎又自言自语说："其实也不要紧，我把娃抱下去，把奶放到暖水瓶里，奶也不会凉了。"妈妈听了很感动。等妹妹断奶后也就要送回老家让姥姥带了。

送妹妹上火车，是妈妈最难过的时候，妹妹从妈妈怀里吃完最后一口奶，即被华姐姐接过去从窗口递给了已上火车的舅舅。妹妹带着对妈妈的不舍被硬生生地断了奶，送回了老家。

选玲姨的爸爸，小晴叫爷爷，是个割方的即做棺材的，每次去他们家，小晴都能看到爷爷在推刨子，刨木板，并且家里常常放着一两口做好的棺材。有一次选玲姨领小晴去她家玩，选玲姨的妈妈，小晴叫奶奶给她做臊子面吃，臊子里面还有肉，很香。吃完饭，奶奶让小晴坐在热炕上暖着，很开心。炕上垫着炕席，上面铺一床被褥，被子是粗布的，像当地许多人家一样，粗布被里染成藏蓝色，被面是斜纹布的，印的是关中风格的那种粉红色的大牡丹花。吃饭时炕上放一个矮腿的四方小炕桌。选玲姨家的饭总比别人家的饭香些，而且家里没小孩，对小晴又特别关照，小晴在这里不觉得压抑，但同时心里还是有点怀着忐忑。

有一次小晴吃完饭，奶奶拿出一包从合作社买的鸡蛋糕给小晴吃，因为没有其他孩子，让小晴吃了好几块，小晴仍感到还有点没吃够，但却不好意思再吃了。谁知道奶奶却拿了两块鸡蛋糕喂猫，小晴心想，这么好的鸡蛋糕喂猫，我还没吃够呢。但只是心里这样想，嘴里不敢说。小晴走到院子里玩，院子里放了一张帆布躺椅，小晴坐在上面很自在，帆布上又垫了两个棉垫子，小晴无意间将上面那个垫子揭起来，妈呀！垫子底下一大堆猫屎，竟已被压扁了，臭死了！小晴赶快告诉了选玲姨的妈妈（奶奶），奶奶气得连骂带打把猫收拾了一顿。

每次去莫灵庙的淑娃姨家，小晴总是有点压抑，首先，莫灵庙村口有个疯子，披头散发的，他会在你往村里走时骂人，那时村里还有个小男孩是哑巴，衣服很脏，他想说话，说不出来，就不停地用手掌在嘴巴上打"哇哇哇哇"的声音，小晴见到这两个人时都有点怕。

再者，莫灵庙村许多人家做花圈，花圈上颜色鲜艳的纸花带着灵光，让小晴觉得有点害怕。淑娃姨家的院子是个南北走向的长条形。淑娃姨家人很多，还有淑娃姨的哥哥及嫂子小白及几个比小晴小的侄子。院子东头墙根底下还有一棵石榴树，石榴花开得红红的，像一盏盏小喇叭，小喇叭中间的花蕊是黄色的。这一朵朵灯笼似的花朵同样让小晴感到一种有机自然的灵性。

淑娃姨的妈妈莫灵庙奶奶很慈祥，两只缠过的小脚支撑着重重的身子走来走去。每次小晴他们去，都像是过节一样，奶奶不是蒸凉皮就是摊煎饼，而且煎饼上的焦花很均匀，她真是个烙饼高手。大家吃着饭在院子里玩得很开心。

妈妈说弟弟小时候就在淑娃姨家放着，当时妈妈没有奶，就买了一只奶羊，在淑娃姨家放养。早上八九点钟起床，弟弟已经饿得不行了，瞪着一双圆圆的眼睛，看着大人挤羊奶，用奶锅将一奶锅羊奶煮开，晾一下，然后倒入奶瓶。咕嘟！咕嘟！一会儿就将一瓶奶喝完。有时候，不用奶瓶，就用妈妈从合作社买的鸡蛋糕蘸着奶锅里的羊奶给弟弟吃。因为鸡蛋糕是当时的稀罕物，年纪不大的淑娃姨有时也偷偷地拿妈妈给弟弟买的蛋糕吃。

十一

有一年寒假，妈妈带着弟弟回老家过年了，等假期结束时，妈妈将弟弟及妹妹都带了回来。小晴和爸爸去接妈妈他们，因为不让买站台票，小晴和爸爸无法进站，妈妈他们带的东西又多，无奈，妈妈只好让妹妹抱着床竹凉席，让弟弟拿着两张竹椅子出站。

见到妹妹，小晴很高兴，但妹妹好像认生，也不叫人。回到家里，妹妹仍很见外，不理家里人，脸上还有"萝卜丝"和泪痕。妹妹留着一个童花头，后面的头发在枕头上躺着，像擀毡似的粘在一起，她瞪着一双好奇的眼睛看着大家。爸爸破天荒对妹妹表示着热情，逗她玩，把她叫"小赤佬"。后来听妈妈说，爸爸跟她说小晴和弟弟他从来就没管过，对他没感情，他要培养小三妹妹的感情。果然第二天星期天，爸爸带着妹妹去韩森寨商场，爸爸买了两个苹果他俩吃了。还吩咐妹妹说不要告诉家里其他人。

星期天下午，妈妈就常带着小晴姐弟三个都回到了学校，小晴很照顾妹妹，晚上帮她用热水洗脸，并给她手上打上香皂，把手上的垢痂洗干净，还把毛巾上打上香皂，把妹妹脸上的"萝卜丝"洗干净后，又给她脸上手上都擦了香脂。

妹妹刚来，还不会说当地话。第二天上午上完课，吃完中午饭，妹妹对姐姐说："我要姐姐。"小晴不知道什么意思，经过反复沟通才知道她是要说，我要尿尿。小晴赶紧领她去撒尿。

妹妹来后，还有个坏习惯，就是如果什么事，不如她意，她会在地上打滚。妈妈给小晴说下次她再打滚就打她，一定要把它的这个坏毛病纠正过来。但小晴觉得妈妈这样未免有点太残酷。

妹妹来时梳了一个小童花头，前面的刘海长长了。小晴趁妈妈不在家，拿张方凳让妹妹坐在房子中间，用剪刀给妹妹剪头发。刚开始前面刘海剪得不太齐，无奈小晴只好将刘海往齐里修，结果越修越短，并且看上去有点傻乎乎的。礼拜六下午回韩森寨，下了汽车，路过马路旁的水果店。妈妈带着他们去买小国光苹果。卖水果的阿姨看着小晴给妹妹剪的刘海说："哟，谁把娃的头发剪成了瓜瓜！"妈妈听了看着小晴哈哈地笑了起来。

就在这天晚上，妹妹发起烧来，第二天到医院看急诊，诊断为麻疹。到了星期天下午，他们该回学校去了，可妹妹的病没好，还发烧。妈妈无法回学校，可小晴第二天还要上学。于是妈妈到星期天下午让小晴一人回学校去了。因为周一小晴要上课，并且还要去学校给妈妈请假。于是小晴带着妈妈给她的一罐头瓶子的菜回学校去。妈妈也没送她到车站，只是下楼时妈妈从三楼小窗子口探头看着她向北头车站走去。

到了车站，小晴在站牌下等 32 路汽车的到来。黄昏时分，马路上的车显得非常忙乱。正在这时，她等的 32 路车来了，小晴马上朝车门走去准备上车，就在这时，在公共汽车和马路沿中间有一位 30 多岁的大小伙子骑车挤过将小晴撞倒了。小晴也没觉得怎么疼就自己爬起来，继续忙着上了公共汽车，而那人把车停下来，看小晴并无大碍也就骑车走了。等小晴上了公交车，站在座位旁，座位上的一位阿姨提醒她说她提的罐头瓶子打破了，装罐头瓶的塑料袋正在淌着菜水，于是她就将罐头瓶子扔在了车上。这位阿姨站起来给她让了个座位，坐下后她才想起来去买票。但买票时她看售票员阿姨怎么老在晃，买完票当她环视车内，怎么车上所有人都在晃，她感觉自己好像出问题了。她的左手不由自主地摸了一下自己的头部，发现有一个软软的大包，她也就明白了自己的问题所在。没过多久车就到站了。下了车，天已黑了，她硬撑着从车站走到了学校，老师们还在开会，周秀兰周老师的妈妈在做晚饭，小晴走进去也没多待，老奶奶也没发现她的异样，但小晴看她家墙上的画上的人都在晃。就肯定自己出问题了，就快快朝自己家走去，开了门锁，回到房子，倒头盖上被子就睡了。

过了一会，她隐隐约约听到学校老师的会散了，谈叔过来看她，发现她尿到裤子上了，也发现她的昏睡有些不正常，不知怎么也发现她头上有个血包。于是商量着由石伯平老师骑车带着她把她往二院送。石伯平老师骑着车子，由于事情紧急就让小晴坐在车前的横梁上，天已漆黑，大概骑到香王那儿，才发现小晴的一只鞋子掉了。石伯平老师竟然又拐回去找鞋子，好在骑回去不远就找到了那只鞋。

到了医院已接近半夜，石老师将小晴放到椅子上，他忙着办理各种就诊手续。时到初春，天气仍冷，在办手续时，小晴迷迷糊糊昏睡着，只觉得特别冷，脑海中不断地闪现着家里那床枣红色枣花被。办完各种手续，已到了后半夜，小晴终于住进了温暖的观察室，呼呼地睡着了。

第二天早上起来，太阳已照进了病房，主治医生及几个实习医生来查房，他们亲切地走到小晴床边，问昨天发生事故时的情况。小晴记得一清二楚，一一地复述出来。医生听了小晴的复述高兴地说："没啥问题，休息几天就好了，头上的血包会自然消失的。"

此时，学校老师也通知了妈妈，妈妈也从韩森寨家里赶到医院，给小晴买了一斤酥饼，小晴吃了两块妈妈递过来的酥饼，当她还想吃第三块时，妈妈用眼神制止住了她，小晴明白妈妈的意思是不让她再吃了，要给弟弟妹妹留几块。此时，观察室小晴床对面的床上住了一位农民老伯伯，旁边还有两位农民伯伯陪着他。他们面前放了几角锅盔馍，他们看到小晴好像没吃好，就拿起一块递到小晴面前说："俺娃吃。"此时，小晴觉得这几位农民伯伯格外地亲切。

接着，医生来了，他说小晴不用住院了可以随妈妈回家了。回到家的第二天，妈妈又要带着小晴及弟弟妹妹投入到紧张的生活中去。但在小晴意识中觉得自己好累好累，还想再多休息几天，让自己的神经放松一下，但她没说出来，紧张的生活不允许让她随心所欲地休息。

十二

送小晴去医院的石伯平老师对小晴他们很好。有一年暑假学校放假了，小晴和妈妈及弟弟妹妹回到了韩森寨爸爸处过假期，但假期学校文艺队要在区党校参加区上的文艺汇演。小晴他们学校排了一个关于红小兵给饲养室割草的小话剧，小晴在里面扮演了一个角色。于是演出那天早上，石伯平老师就骑车去小晴家接小晴去党校演节目。但当时骑自行车不许带人。于是石伯平老师让小晴坐32路车到堡子村站下，自己骑车到堡子村车站等她。小晴独自一人坐在公交车上，到半坡站就下了车，站在车站等了将近半个小时，她仍不见石伯平老师，越等越心焦，她抬头看了看车牌，发现自己下错车了。那时半坡十字路口刚好有个交警岗亭。她怀着忐忑不安的心情朝岗亭走去，岗亭的交警问她有啥事，她于是将事情的原委说给交警。说着说着竟然哭了起来。交警问在哪个党校，小晴说我也不知道。交警说我给你打电话问问，问到大郊区党校确实有文艺汇演，于是就在马路上挡了一辆熟人的吉普车，将小晴送到了郊区党校。大礼堂正演着节目，还没轮到小晴他们演节目。别的同学和老师都在一间楼吃过羊肉泡馍了，只有苏老师及迟到的小晴没吃饭。而石伯平老师还没到，估计是还在等她。于是苏老师带着小晴去一间楼吃泡馍。

这顿饭怎么吃的，小晴已记不清了。吃完饭后回到礼堂，石伯平老师已经到了，他也没问小晴是怎么来的。演节目时，节目内容大概是红小兵给大队饲养室马和骡子割草的事。结果那天演出时，还没轮到小晴出来说台词，她却把头伸出来刚想说，结果旁边的王小英已将正确的台词说了，小晴差点出错，其他事小晴印象都比较模糊。

后来，学校的唱歌老师又教他们编排文艺节目。小晴他们学校唱歌老师的水平有限，有一个唱歌老师的爱人是纺织城五十五中的中学老师，他叫了他们学校几个文艺骨干到小晴他们学校教他们跳舞，跳的舞蹈很好看，歌也很好听，但过不久就想不起来了。倒是小晴还记得教他们跳舞的两个哥哥一个姐姐，姐姐长得很圆润，有一个哥哥长得特别洋气，后来听唱歌老师爱人说这个哥哥他们家是华侨。另一个哥哥印象不怎么深。

跳舞跳得差不多了，该吃饭了，那天，唱歌老师买了肉饺子，因为人多小晴记得，饺子皮不是一个一个擀的，而是像擀面一样擀一大案面，拿个茶杯刻出一个个饺子皮，小晴头一次看到这样做饺子皮，觉得很有趣。

吃完饭，大家坐在学校中间，在教室的山墙边谝闲传，从教室搬出两张长凳，大家坐着。两个哥哥一个姐姐他们三个坐一张，小晴和两个唱歌老师坐一张。妈妈则坐在另一张小板凳上。小晴确实很喜欢这几个哥哥姐姐，并且他们的到来让她也很开心，于是她就挤过去想坐在华侨哥哥和小胖姐姐中间，她以为别人看不出来她的心思，但妈妈说："你看她凑热闹，人来疯。"大家听了都哈哈大笑，弄得小晴满脸通红，难为情死了。

十三

对妹妹来说，妈妈带她去洗澡是最痛苦的事。因为无论是在机瓦厂那个烂澡堂还是在昆仑厂的大澡堂。妈妈给妹妹洗澡一点也不耐心，总是嫌她不懂事，不知道洗，只知道玩。总是揪住她的头发一把把她揪到水龙头底下。而小晴带妹妹洗澡总是很耐心，待自己洗完再帮妹妹洗。

父母做的事很多时候都让小晴很困惑。冬天，妈妈从老家拿来的咸猪腿，一直没舍得吃。可到了夏天，咸猪腿的骨头缝里突然爬出了几条蛆虫，妈妈发现后心疼死了，舍不得吃结果长蛆，于是用刀将骨头剔出来，将长蛆部位挖掉。

有一次去爸爸处过星期天。妈妈买了排骨，排骨炖萝卜，盛了一大碗大家吃，结果爸爸不知道缩筷头，而想多吃点，结果妈妈就敲打爸爸说："也要顾顾别人!"弄的爸爸很难堪、很不高兴。小晴却觉得妈妈没必要这样，爸爸能吃叫他吃好了。小晴也理解妈妈是让爸爸考虑一下孩子。

还有一次妈妈买了排骨，用宜兴砂锅炖了一大锅。结果妈妈有事不在，爸爸也舍不得让小晴他们痛痛快快地吃。早上爸爸走之前，把砂锅藏在床底下里头了，让孩子们够不着。等爸爸晚上回来，发现排骨汤都有点冒泡泡了，于是热开了让大家吃，一人一碗，因为有点发酵味道变了，他们三个都不想吃，爸爸就逼着他们吃完。

十四

就在三年级下半学期的春天，随着小晴的长大，小晴和弟弟转到了爸爸处上学。小晴离开了老洞小学，小晴在老洞小学的生活也告一段落。

妈妈带着妹妹仍留在老洞小学教书。

接下来的生活，是小晴跟爸爸、弟弟一起度过的。小晴虽然还不到十岁，但因为爸爸不会做饭，家里的一天三顿饭都由小晴来做。早上起来馏馍，热馍夹油泼辣子，拿着馍在上学路上边走边吃。中午爸爸不回来，小晴和弟弟回来就炒个白菜就馍吃。下午时间比较充足，回来蒸一锅馍，熬点稀饭，不蒸馍的时候就擀面条，青菜下面，每次擀面条时，小晴心想将面和得硬一点，擀薄一点，但到擀的时候，因为人小力气小，擀着擀着就擀不动了，因此将功补过，把面切得细一点以弥补面擀得稍厚的缺陷。

到了子校，小晴跟同学们相处得也很好。下午放学早，先和同学们在学校操场上玩会儿，跑五圈或跳皮筋，小晴玩这两样都不太精，玩跑五圈时，经常要引，小晴常常一引就让人砸死了，而轮到她班砸时，又常常砸不到人；玩跳皮筋也不老练，但跟同学们一起玩她很开心，当时无忧无虑，功课也不重。那时，有的同学会问小晴："你嘴唇上的疤是怎么回事？"小晴说，是我小时候不小心跌的，并告诉同学们是咱们厂厂长的老婆帮自己缝的针，同学们听听而已，也并不在意。

还有一次，她跟四妞她们一起玩跳皮筋，可李姿伟不停地来捣乱，她们躲开他换一个地方，他仍来捣乱。小晴非常生气懊恼，跑过去抓住李姿伟给了他一个耳光，李姿伟吃了亏逃走了。小晴她们也不玩了，回家了。但李姿伟不甘心，拿着砖头找到小晴家，要拿砖头砸小晴。小晴的爸爸刚好在家，看是李姿伟，就半开玩笑地说："你是谁家的孩子？你妈我还认识！"可李姿伟不买这个账,在走廊里耍赖,爸爸去拖他,拖也拖不动。他回家后事情并未了结。恶人先告状,回家后他跟父母说小晴的爸爸打他,把他的头往墙上撞,说他头晕。于是他爸爸妈妈策划说他得了脑震荡,要把事情闹大,叫他儿子在家装病,他们请假在家里陪着。并跟厂里说小晴的爸爸打了他儿子,成了脑震荡,让小晴的爸爸赔医疗费及误工费。

小晴的爸爸妈妈得知这一消息,吓坏了。他俩于是商量要不要去李姿伟家赔礼道个歉,但他俩都觉得此事挺屈辱的,互相推诿谁都不愿意去。无奈两个人起了摩擦,妈妈无可奈何地蹾着腿坐在地上哭了起来。小晴看到此情景感到很尴尬,内心有说不出的屈辱。后来厂里也将此事不了了之,也没扣爸爸的工资。

十五

暑假到了,他们单元有五六个学龄前儿童,小晴和四妞商量,将他们组织起来去捡废品来卖。然后弄了一个红十字小药箱,买了一些消炎粉、红药水、紫药水、药棉纱布等,谁的手烂了就去包。

小晴和四妞还将他们卖废品的钱买了些拼音本和生字本，然后教她们单元的学龄前儿童学习拼音和生字。那是70年代，社会上的幼儿园和小学都还没有开始办学前班，所以她们的这一举动反响很大，没有参加进来的有的家长还托人给四妞说情让带上自家的孩子。

小晴和四妞她们还将这几个学龄前孩子写的拼音办了一个学习专栏，将写得好的在学习栏上展览。可是这个学习栏要用糨糊贴，她们没有糨糊，却有半筒咖啡色油漆，于是小晴就用咖啡色油漆画了一个学习栏，并将油漆刷在墙上，粘拼音本纸，以至于这个学习专栏一直留在了楼梯口的墙上，直到前几年拆楼的时候还在。

小晴和四妞她们楼的北边有个垃圾堆。夏天苍蝇比较多，因此小晴和四妞商量用卖废品的钱买了几个苍蝇拍子，在她们单元门口及垃圾堆旁边打苍蝇，看谁打的苍蝇多就奖励谁，小伙伴们都踊跃地参加了这个活动。

十六

到了秋天，国庆节前后是柿子收获的季节，那些年可供孩子享用的果蔬很少，为了给她们增加营养，丰富她们的食品，妈妈的一个堂妹在长安县的研究所工作，堂姨和妈妈商量，叫小晴国庆节去长安县一趟，到她那里拿些柿子回来好让小晴和弟弟妹妹享用。

于是，在 9 月 30 日下午，爸爸将小晴送至西门 203 所班车上，她坐上班车很快地到了堂姨家，在堂姨家度过了国庆节，之后堂姨给爸爸打了电话。10 月 3 日，堂姨的母亲三婆婆和堂姨给她带了一大袋柿子，把她送上了长途公共汽车，并给售票员打招呼，让到地方招呼她下。就这样小晴一路顺利地到了西安南门长途汽车站下车，下车后她就按堂姨的嘱咐在汽车站门口等爸爸来接，一直从下午两点等到傍晚六点多依然不见爸爸的影子，急得她直想哭。正在这时，小晴坐的那趟车上的售票员正好下班走过门口，看见她仍在门口站着就走过来说："你怎么还在这里站着，刚才不是一位老太太和你阿姨送你上的我的车。"小晴说："是的，她们说我爸爸在车站接我，可我等了一下午也没等见我爸的人。"这位售票员说："你家在哪里？"小晴说："我家在韩森寨。"那位售票员就说："韩森寨，我们这儿有个司机，他家也在韩森寨，让他把你捎回去。"小晴说："好吧。"

于是那位司机就把她带到前面，车后面带着那袋柿子。天已经麻黑，那位叔叔带着她沿着环城南路向万寿路方向骑去，秋天的傍晚，树叶已开始飘落，秋风一吹，树叶被吹得唰唰作响，真有点让人害怕，在车站等了一下午的小晴睡意也来了。车快到和平门的那段路上，有个什么人在喊着抓什么人，在朦胧中她听见那声音好厉害，好像是警察抓骑车带人什么似的。虽然她已在朦胧中，但理性还使她保持着警惕。小晴在想，这个骑车的叔叔如果是个坏人，趁天黑无人，要想害她咋办，幸好没有这种事情的发生，她被顺利地送回了家。爸爸还没回来，那位叔叔帮她把柿子拿上三楼就走了。过了一会儿爸爸回来了，原来他是到西门班车站上去接小晴了，一直等到天黑也没接到，正着急呢。小晴把她的经历告诉了爸爸，他俩都松了一口气。

1976 年夏至，唐山发生了大地震，西安也有震感。暑假期间妈妈休假。那天晚上，大家都躺在床上准备睡觉，灯还没关，妈妈突然觉得床有点晃，灯也晃动起来，他们还没有反应过来是怎么回事，就听见外面有嘈杂的声音，这才意识到可能是地震了。第二天传来消息说唐山发生了大地震。紧接着各地人民都投入到紧张的抗震救灾中去。

有一天晚上下着大雨，通知说可能有大地震。所有家庭全家出动，打着伞，提着馍笼子在雨夜里待了一夜。传说那个阶段仍有大地震，大家都准备搭防震棚；厂里也给大家分发木料和油毡。领木料那天晚上，依然下着大雨，人们在雨地里排着队去领木料。小晴和爸爸穿着雨衣，他们在雨地里在灯光球场排队领了一捆木料，接着在楼与楼之间的空地上搭起防震棚。爸爸不会搭，弄了两张单人床，中间隔了一米左右的宽度然后把木棍绑在床的四个角上撑起一个棚子，就算是个防震棚。棚子搭好后，爸爸和小晴将有用的东西往棚子里搬。家里除了几样值钱的东西外，大部分都是书，结果爸爸让小晴把他所有藏书都搬到防震棚里去，搬了一下午，小晴最后都有一点虚脱了。

过了几天，暑假结束了。可仍在抗震，学校也没有按时开学，过了几天老师通知他们返校上课。经过一个假期的抗震，他们都不想回校上课了。上学后就在操场上上课。

　　开学后，小晴和四妞商量想去照相馆照一张一寸合影，可她们没钱。后来在小晴的努力下，她终于攒到了两角二分钱，照一寸照片的一半的钱。当时照相馆的阿姨还不想给她们照，嫌一寸照片太小不好照，在她和四妞的要求下才终于照了，照完相片后，她们整天盼望着照片早点冲洗出来，她们想象照片中的她们一定光彩照人。结果照片出来后，令她们很失望，两个黑白的影像不那么清楚，照片也没有她们想象中的那么美。

十七

　　小晴有一次去厂里洗澡，在搓上身胸前的时候，发现里面有两个小疙瘩，她感到很纳闷，回来她也反复摸，确定里面确实有两个小疙瘩。到下午吃饭时，她将此事告诉了爸爸，爸爸的反应很让她奇怪，没吭声，但她觉得爸爸好像有点异样。小晴看到爸爸如此反应，心里暗暗埋怨爸爸对自己不关心。事情就这样过去了，可后来小晴发现妈妈好像也知道了此事，似乎是爸爸告诉妈妈的。

　　在跟四妞朝夕相处的过程已然让她们成为了无话不说的好朋友，四妞的姐姐比她俩大几岁，已上初中，她已经学了生理卫生课。四姐和小晴就把三姐的生理卫生书拿着来看，互相研究着看，但有的地方看不懂。可她们知道，随着她们的长大她们是要来月经的，但是不明白月经是从哪儿流出来的。但是她们俩还是用多余的红领巾在缝纫机上做了几个卫生袋，准备月经的到来。

有一天放学回家的路上，小晴突然觉得自己下身有点不舒服，赶紧回到家，一看短裤上有一块深褐色的血块。她懵了一下，但随即意识到自己可能是来月经初潮来了，她有点兴奋，赶快倒了点热水洗了洗，将自己的准备的卫生带上垫上纸，绑在身上，将水倒掉，刚处理完爸爸就回来了，他啥也没发现。就这样小晴神不知鬼不觉地来了初潮，以至于妈妈都不知道。

爸爸一直不做家务，小时候妈妈买粮时扛不动就让小晴和她用木棍抬，随着身体的增长，随着青春期的到来，小晴的劲儿越来越大。她和妈妈一起去买粮，她已经可以一个人将一袋 50 斤的面从粮站扛到家里，中途不休息。

日子就这样过着，1977 年，小晴她们顺利地升入了初中，她在小学阶段的学习也告一段落了。

物理科代表

一

下午三点多，初二四班的教室里正上着自习课，教室里大部分同学都在做作业或看书，而教室后排的两个男生黄文剑和肖刚，在教室后面打闹，这会儿肖刚正躺在并在一起的两条板凳上，黄文剑把他压在底下。他俩嬉笑打闹，班里好几个同学都投去鄙视的目光，而他俩好像还无所谓地继续在那儿打闹。

在投去鄙视目光的人当中就有女生曹小西，曹小西已对物理科代表关注有一段时间了。上初中以后，尤其在初二以后，不知道什么时候起，曹小西就开始对物理科代表黄文剑比较关注，平时在班里曹小西的目光总爱追随着黄文剑，在她每每注意着黄文剑的时候他也希望黄文剑能注意到她，但今天黄文剑的表现挺让她失望的。

上中学以后，班里好多同学都在练钢笔字。曹小西觉得自己的字不怎么样，而且写得也较慢，所以她开始练字。曹小西听课时不善于做笔记，有时候她看到后桌肖夏做的课堂笔记很整齐、很完整，就会十分羡慕。这几天她借了肖夏的语文笔记在抄，抄着抄着，她觉得自己的字似乎也跟肖夏笔记本上的字有了几分相像。

下午第二节课上，物理老师布置了几道物理题，由物理科代表黄文剑上讲台在黑板上抄着。这是几道力学题，其中有一道：

如图所示，完全相同的木块 A 和 B 叠放在水平桌面上，在 12N 的水平拉力 F 作用下，A 和 B 一起做匀速直线运动，此时木块 B 所受的摩擦力为 0N，若将 A 和 B 紧靠着放在水平桌面上，用拉力 F_2 推 A 使它们一起匀速运动，求推力 F_2。

黄文剑在黑板上抄着题，就直接将题的答案心算出

F_2，并把最后一句写成"求推力 $F_2=12N$"，调皮鬼张澄亮在底下喊叫着，答案都出来了还算什么。全班同学都笑了起来，小西也笑了。

二

因为这几天小西对钢笔字很敏感，也比较注意，看着黑板上黄文剑抄着的物理题，她觉得黄文剑的字怎么跟他人一样帅。不禁在心里暗暗佩服黄文剑，心想他这么调皮，学习成绩却还那么好。同学们中间都在传：说黄文剑上自习课专门调皮捣蛋，扰乱其他同学学习，晚上回家却学到很晚。其实，是黄文剑有一套数理化丛书，黄文剑在上物理课前先把数理化丛书中和课本同步的内容预习过了，到上课时就不那么认真了。曹小西心里也挺纠结，一方面她从内心喜欢黄文剑，另一方面她又对他的调皮捣乱不满，她到老师办公室，向班主任赵老师反映了黄文剑上自习课捣乱的事。她原以为老师对黄文剑的行为一定会很气愤，但出乎她的意料，曹小西觉得赵老师似乎并不太在意黄文剑调皮捣乱的事，她心里还挺纳闷。

秋末冬初，天开始冷了，妈妈工作很忙。曹小西想用家里的旧毛线给自己打一双手套。小西在家起了头儿以后，打得很起劲，打到手掌部分还没有分大拇指，她就要去上学了，于是就带到学校，有时课间也打上一会儿。上课了，小西心里真痒痒，于是在上课时低着头，手拿着毛衣针和手套在抽斗里打。旁边的庞文艳看到小西打，手也痒痒，就把小西打着的手套要过去也打了一会儿。

两天后的下午，班主任赵老师下课后找到小西，让小西到老师办公室来一趟。小西心里很纳闷。老师找我有什么事呢？怀着忐忑不安的心情，小西小心翼翼地走到老师办公室，来到赵老师办公桌前。赵老师和蔼地拉着小西的手说："小西，你很听话，学习也很认真，并且成绩还不错！"小西听到这儿心想：难道老师就是为了表扬我才叫我来的吗？接着赵老师就说："听说你最近在打手套，天冷了，打双手套是应该的，可是不要在课堂上打。你在课堂上打，别的同学也学着样子在课堂上打，于是影响学习，你看庞文艳不是也在课堂上打手套。"听到这里，曹小西一下明白了老师这次找她谈话的真正原因，心想是谁跟老师说的呢？她的第六感告诉她有可能是物理科代表黄文剑告的状。同时心里也在想：难道他也那么注意我吗？这个谜一直未被解开。

三

每学期学校各年级班与班之间要进行男子篮球比赛。初二四班也不例外。班主任赵老师很快选了六个篮球打得较好的男生，其中就有物理科代表黄文剑。

秋末冬初天气比较干燥，操场上起了一层薄薄的黄土，下午放学后，整个学校在沸腾着。教学楼前面的操场上开始了篮球比赛，头一两场比赛曹小西还没太注意。但那天和初二三班的比赛引起了许多同学的关注，只见黄文剑穿一条奶油色西装短裤、一件白色跨篮背心在操场上挥汗如雨。令在场外观战的曹小西和杨红艳为之一振。曹小西拉着杨红艳的胳膊在场外观战，看着黄文剑带球走到篮下，对方初二三班的胡安竖起双手防守黄文剑，看着黄文剑一个向左躲闪的动作，然后从右边上篮，球进了！漂亮！全场立即哄声一片。接下来的几场比赛，曹小西天天挽着杨红艳的胳膊去看。她俩总是站在场外的一个醒目的位置和几个女生一起看比赛，可惜当时还不知道可以去当啦啦队，看着在场上生龙活虎的黄文剑，她希望黄文剑也能注意到自己，但她似乎看不出有这个迹象。

四

这段时间和往常一样，曹小西每天下午放学回去给爸爸妈妈蒸馒头擀面，吃完晚饭洗碗写作业，一切照常。可是晚上躺在床上入睡前，黄文剑的影子总是在她脑海里闪现，有时非常清晰。但她总觉得她的目光没有得到回应，怎么才能让他知道自己在注意他、喜欢他呢？那时男女生是不怎么说话的，她想给他写一封信，可是信寄到哪儿？当然只能寄到他家。小西知道他家离得并不远，就在十六街坊那栋楼，但是她不知道他家的楼门牌号是多少。而这封信万一被他家人拿到怎么办，那不丢死人了。有好几个晚上小西都要想一会儿然后才在这种纠结中渐渐睡去。

那时，曹小西偶尔还会到好朋友王霞家去玩。王霞家和黄文剑家离得很近，从二楼王霞家的一个窗户上就能看到黄文剑家单元的门口。并且小西曾听王霞说过，说黄文剑有时在单元门口和大人们下象棋，所以小西有时烦闷的时候就去王霞家玩。透过王霞家的窗户，希望能够看到物理科代表黄文剑，但小西却从来没有这么幸运过。

当时初中同学都很喜欢看《少年文艺》之类的杂志。让她印象深刻的是《少年文艺》上一篇《谁是未来的中队长》的小说，看完后她和王霞对谁能选上中队长进行了激烈的讨论，小西心里暗暗地想，黄文剑似乎和小说中的那位男主人公有许多相似之处，都活泼调皮又聪明。而且杂志社也要求读者参与讨论，她们没有参加，但她们却记住了这篇小说的作者王安忆。

上初中不久，学校新调来了一位姓黄的数学老师，听同学们说，黄老师和物理科代表黄文剑是亲戚，是黄文剑的堂姑。黄老师数学教得挺好，人也很漂亮，小西很喜欢上数学课。并且黄老师和小西在一栋楼上住，但不在一个单元。黄老师有两个孩子，一个男孩、一个女孩，男孩大点儿，女孩还很小。

放暑假了，一天黄老师骑着自行车要出去办事，她的小女儿在后面追着她。黄老师慌慌张张地推着车子跑，嘴里说："丫丫追来了，丫丫追来了。"这一幕刚好被小西的妈妈看到了，就叫来小西帮黄老师哄丫丫。于是暑假里小西就常到黄老师家去，帮黄老师带丫丫。还经常在下午给丫丫洗澡。每当这个时候，小西总有些心不在焉，因为她希望此时黄文剑能够出现。但整整一个假期在黄老师家小西一次也没有碰见过黄文剑，而且一次也没听黄老师提到过黄文剑，这也让她很失望。

五

有一次，小西和同学们在教室门口的砖地上玩迈大步的游戏，玩的过程中闫海莲将小西推了一个大跟头，当时小西咣当一下仰面朝天，头着地，眼冒金星。小西爬起来后，过了一会儿，摇摇头，头还有点疼。而始作俑者闫海莲却装作若无其事，连句道歉的话都没说。旁边的杨红艳打抱不平，过来挽着小西的胳膊说："你是不是头疼。"小西点点头。杨红艳说："要不把事情给班主任赵老师说说。"小西又点点头。于是在杨红艳的陪同下她们走到办公室向班主任赵老师反映刚才发生的情况。其实，曹小西和杨红艳并没有什么目的，只是想在老师那儿得到一些安慰。但出乎曹小西和杨红艳的意料。赵老师听完以后说:"那你看怎么办呢?是想让她父母给你看病?还是让她为后果负责?"听了这话,曹小西和杨红艳都非常失望,老师没有理解曹小西和杨红艳。于是她俩压住心头的不快悻悻地走出办公室回到了教室,回家后也没告诉父母。

六

子校在三十六街坊,而曹小西家住十五街坊,有将近两站路,每天上学放学小西都和同学一起走来走去,中午还要回家做饭吃饭。经常在一起的有刘文、王霞、李娜平等,李娜平扎两个刷刷,走起路来一甩一甩,曹小西也扎两个刷刷,有时刷刷长长了,顶多扎成两个不到肩的小辫子。秋天来了,天气变冷了,树上的树叶落了,曹小西在上学放学的路上观察到树叶从某天起突然同时开始落了这一现象,于是将这一现象不自觉地写到了作文里交上去了。没想到过了几天年级就进行作文比赛。出乎曹小西意料,班主任赵老师让她和班长彭建茹一起参加年级的作文竞赛。竞赛放在星期天，在三班教室，三班班主任兼语文老师刘老师监考。教师里空空荡荡的，每个班两位同学参加，参加竞赛的一共十几个同学。作文题目是《快乐的一天》，她和班长彭建茹坐在一起，望着这个作文题，彭建茹和曹小西都不知如何下手。快乐的一天，哪一天是快乐的呢？曹小西脑海里搜寻着自己以往的生活，没有结果。反正每天上学放学回家做饭，星期天洗衣服。家里的煤没了，要租煤厂的车将两个月的蜂窝煤拉到单元门口，再和妈妈妹妹有时还有弟弟用簸箕和垃圾盆将煤端上楼放在柴房，每天都匆匆忙忙的。偶尔在小学快毕业时和同学一时兴起去照相馆照了一张相片，出来后也没想象中那么满意。想来想去实在想不自己哪天是快乐的。竞赛时间已过去一半了，班长彭建茹已经开始写了，而曹小西如坐针毡，怎么也写不出来，终于熬到了下课时间，曹小西交了白卷。

第二天，曹小西怀着忐忑不安的心情见到班主任兼语文老师赵老师，低头躲着赵老师，而赵老师这段时间似乎也没特别注意她，过了两天，赵老师依然没什么动静，她心里的这块石头也就落了地了。

七

　　就在这期间，曹小西家对门搬来了一家新邻居，是一对中年夫妇。两口子30多岁了还没有孩子，女的是一所重点中学的数学老师，姓张。随着张老师的搬入，小西的妈妈和张老师认识了，张老师一来就非常喜欢小西，见小西聪明学习好，就主动搭讪说，有机会转到我们学校去上。周末到了，张老师回来了，并且带回来一个消息，说她们学校要招插班生了，让小西报名参加考试。这个突然来的消息让小西完全没有准备，小西对自己也没有信心。可张老师说，先报名参加考试，试试看，小西和妈妈答应了。

　　考试安排在了一个星期天的上午。小西一大早就按照张老师说的详细地址，找到了这所学校。这所学校很特别，学校大门是两扇大红色油漆大门，门口还有两根大红色柱子。听说电影《西安事变》里有一个顶门的镜头就是在这儿拍的。考试被安排在学校后面的二层砖木结构的教学楼上，这栋教学楼看来是有些年头了，楼梯和地板都是木头的，走在上面咯吱咯吱直响。参加考试的人并不多，就考了语文数学英语和物理，她数学考得一般。物理考得很糟糕。有一道浮力的题，她连计算浮力的公式都想不起来了。可是出的语文题很对她的路子。有一个题是出自初二语文课本里的一篇鲁迅写的《孔乙己》。当时赵老师讲这一课时，曹小西就很感兴趣，她很为孔乙己的悲惨命运感伤。她还在学过这篇课文后的一段时间里总在想，自己的父亲跟孔乙己有许多相像之处，即都可以比喻为穿长衫而站着喝酒的人。因此这道题她答得很完整。但是总的来说考得不理想，她觉得自己好像没什么希望。

之后曹小西照常回原学校上学，似乎将去考试的事忘到了脑后。考完试后的星期五下午，大概三点钟左右，张老师突然推着自行车出现在小西学校的操场上。小西感到很意外，避开大家的目光，张老师将小西带到背人处，说："小西，你考上了，考了个第三名呢！"小西惊愕得嘴张了半天都合不上。

张老师说语文考得不错，考了95分。对曹小西来说这就意味着她可以转学了。总的来说曹小西还是比较愿意转学的，因为爸爸在厂里不得志，这引得她在班里也不怎么受重视，也比较压抑。至于对物理科代表的迷恋也并没有挡住她追求理想的脚步，况且她也没有看出他有什么反应。

八

接下来妈妈去学校协商转学的事情，出乎意料的是，学校竟不同意让曹小西转学。原因很简单，校方认为凭曹小西的成绩考上大学是没问题的，子校不想放曹小西走，希望曹小西考上大学给他们学校争光。母亲于是就搜罗些理由说小西的父亲不管孩子，只顾自己，孩子无人辅导，所以想转学，而学校方面也很诚恳地想挽留住曹小西，于是就承诺，只要孩子留在子校，学校愿意给孩子开小灶。

母亲于是就跟曹小西商量是否可以不转学，可是小西去意已定。学校方面不给开转学证明，于是张老师出了个主意，说到别的学校去开个转学证不就行了。妈妈对曹小西说："你胡淑惠胡阿姨你还记得不？她手可巧了，你小时候她用四块手帕拼起来给你缝了一件小衣服。她现在在六十五中政教处，让她给你开个转学证。"曹小西说："行。"

　　星期天，妈妈带着曹小西去洪庆，先坐 31 路车到田王，然后下车步行。曹小西生来就一副好身体，从小没得过什么大病，体质很好。下了公交车到六十五中还要走很远的路，要走过老牛坡一直往东在和蓝田的交界处。妈妈个子小，人到中年，体力远不如曹小西，这段路妈妈走得很累。老牛坡的公路两旁尽是红色的土壤夹杂着岩石。这一段坡路也很长，受信心鼓舞的小西甩开步子走得飞快，将妈妈远远地落下一截。母女俩走了好一阵终于到了六十五中，虽然是星期天，但胡阿姨刚好在，事情顺利办成了。

　　第二天早上，曹小西仍然去学校上学，在做早操的时候，小西向班长彭建茹透露了自己即将转学的消息，只是她还不能确定能否转学成功，彭建茹听后很羡慕。

　　紧接着曹小西拿着妈妈弄来的转学证去三中报到，校长办公室在学校中心会议室西边的一个小套间里，接待她的是老校长苏校长。校长大约 50 岁，中等身材，略胖，生就一副慈祥的面孔，但一条腿略微有点跛。曹小西将转学证递给苏校长，苏校长接过来看过之后说："六十五中？在哪儿？"曹小西回答："在田王。"苏校长将信将疑地说："那你妈在哪里工作？"曹小西忐忑不安地回答："在洪庆商场。"因为那天母女俩曾在那里给胡阿姨买过东西。校长听完她的回答对曹小西说："你稍等一会儿。"然后跛着腿走出了校长办公室。大约15分钟后，校长回来了，笑眯眯地对曹小西说："你撒谎了。你是昆仑子校的！"曹小西的脸唰一下地红了。校长再没说什么，吩咐曹小西到政教处报到去了。

曹小西被分到九班，教室就在三中一进大门的西侧，新的学校生活开始了。其实，曹小西来了以后才发现，新学校的教学和教师并不比自己以前在子校的教学好到哪去。尤其是物理老师，讲发电机时特别啰唆，而且用的是很不正规的方言，掰开了揉碎了讲，这让曹小西很反感，想着原来学校的物理老师和物理天才黄文剑，真有点后悔转学了。再说每天早出晚归，中午在学校吃饭，要把从家里带的饭在学校的蒸笼里热，饭还没吃完就已经凉了。有的时候正在上课，外面有谁来找人，老师停下来去询问，曹小西的心马上就会提起来，心想会不会是子校那位物理科代表来找她了，而曹小西始终盼望着的这件事却一直没有发生。

过了一段时间后，曹小西去找过一次班长彭建茹，彭建茹说班主任赵老师在班里不点名地批评过她，说她连招呼也不打一声就这么走了，曹小西听了心里很愧疚。她想老师是否在暗示，她走后，物理科代表很难受。

九

紧接着，紧张的中考马上就要开始了，学校为了保证学习质量在每天下午放学后上大课。全年级在一个大教室里上课，请年级里讲的好的老师给全年级上课，其中化学老师是六班米老师，她讲得最好。每天下午放学以后大教室里都挤满了人，全年级同学在一起上大课，一直要上到晚上九点钟，下课后，曹小西要从学校走上两站路，才能坐上汽车或电车。春天的空气依然有些寒冷，尤其是雨天沿着马路朝车站走的时候，在一排微弱的路灯底下，小西的影子一会儿长一会儿短，她迈开步子飞快地走着，听着自己有节奏的脚步声"咔嚓，咔嚓"。

时间就这样过得飞快，转眼间中考结束了，成绩下来了，还行，曹小西考了351分名列班级第二名，比在子校时比她学习好的刘文、王霞他们还多考了30多分，并顺利升入本校高中的第二快班。后来，她听原来学校的同学说，物理科代表黄文剑在子校以 368 分的成绩考了年级第一名并顺利升入交大附中。

后来小西一直没见过那个让她魂牵梦萦的物理科代表，她暗恋他这个秘密被揭开并再见到他时则是在 30 年后。

高中生涯

一

新学期来临了，高一年级的两个快班在学校后院的那栋砖木结构的二层楼上。第一个教室是一班尖子班，第二个教室是曹玉颖所在的第二快班。新学期刚刚开始，老师和同学们都还沉浸在刚上高中的喜悦中，曹玉颖也不例外。

可开学不久曹玉颖的同桌就和她后面的吴沛茹的同桌在自习课上随便说话。对此，曹玉颖和吴沛茹都非常不满意，于是曹玉颖就和她后面的吴沛茹一唱一和旁敲侧击地说："还是重点班呢？才开学几天就上课说话。"

而她们的同桌听到她们这样说，觉得她们也不是好惹的，就拐弯抹角地说："说话咋啦，有本事告老师去。"

自从曹玉颖转学后，为了她的学习，妈妈把姥姥从老家接来了，曹玉颖从小跟着姥姥在南方长大，姥姥的到来给她带来许多温暖。每天放学回家姥姥已将南方风味的饭菜做好，有时还自己擀馄饨皮子包馄饨，小颖吃着姥姥包的馄饨，总会高兴地说："我又吃到姥姥味了！"

那是改革开放后，西安有鱼吃了。当时最便宜实惠的一种鱼类叫"马面鱼"也叫"剥皮鱼"，这种鱼要将这层皮剥去才能吃。带皮的每斤七角钱，剥去皮的每斤一块钱。买连皮的一块钱能买一斤多，吃的时候剥去皮也有一斤左右，刚好够全家人吃一餐，每人一餐能吃三四条，姥姥做的红烧鱼的味道很好。大家吃得很过瘾。

吃完晚饭，小颖开始学习，把当天的课程先消化一下，数、理、化、英都学得很顺利，尤其是英语和物理让她觉得很有趣。但每天到九点半左右，有的课程还没复习完，第二天的课还来不及预习，她就困得要命，便跟姥姥说："姥姥，我睡半个小时，你一会儿叫我！"然后倒头睡去。第二天早上醒来发现自己怎么和衣而睡，就对姥姥说："你昨天晚上怎么不叫我起床学习。"姥姥笑而不语。这情况那会儿经常发生。

因为学习用功，第一学期期中考试曹玉颖取得了全班第二的优异成绩，而她后面的吴沛茹却明显落后于她。下半学期开始了，那时正好是伤痕文学盛行的时期。吴沛茹的父母在她小时候就离婚了，家庭的不幸便使她过早地接触了社会，她经常在西北电管局的图书室借许多外国小说，像《基督山伯爵》《安娜·卡列尼娜》《简·爱》《被侮辱与被损害的人》等，拿回家来看。

她把她看过的小说中的故事讲给曹玉颖听。于是语文课上两人就在底下交头接耳讲话，二人一起聊思想。因为都是高中生了，语文老师也不想伤她们的自尊心，也不在课堂上批评她们，因而她们变得更加有恃无恐。其实，曹玉颖更喜欢学物理，尤其喜欢理论物理的静力学及力的分析，她在书店买了一本物理辅导书，将书里讲的这部分内容的例题都看了，并把相应的习题也都做了，在做题过程中她内心感到很充实。除了对力的分析很拿手，她的数学三角函数学得也很棒。

　　本来学校规定，只有一班的同学都是中考成绩在360分以上的，上了西安市重点学校分数线的、离家远的同学才能住校。但学校的女生宿舍还有两张空床，曹玉颖和吴沛茹都申请住校，本来曹玉颖不抱多大希望，想不到学校很快就批准了，这让曹玉颖感到很意外，这和她在子校时的情况不大一样，学校成绩优秀的学生还是很受眷顾的。因为曹玉颖和吴沛茹搬进宿舍的时间较晚，所以住在靠门临窗的那个架子床的上铺。这个学校的前身曾是英国人办的教会学校——尊德女中。她们的这间宿舍也不是正方形长方形的，而是有点不规则的形状，房子中间有一堵墙是凸出来的，凸出来的地方是一个大壁炉，当然这个壁炉是废弃的没用的，宿舍的地板是木头的。走在上面声音很大，感觉学校氛围有点像《简·爱》上的那个学校。

　　冬天宿舍没有暖气，当然也没生炉子，窗户上的玻璃都用白纸糊着，曹玉颖的床铺就在窗户旁边，但妈妈给她缝的那床棉被是新棉花做的，很暖和。

　　从初中三年级下半学期到三中上学后到住校前，中午曹玉颖都是吃家里带的饭，虽然学校把学生带来的饭用蒸笼蒸热了，但总是饭只吃到一半就凉了，加上情绪忧郁，她有点脾胃虚弱消化不好。住校后这种情况有所好转，有时星期天不回家，就在食堂吃两顿饭，下午四点的那顿饭通常是臊子面，很便宜。

住校后妈妈一个月给她15块钱伙食费。此时姥姥也在，还有弟弟妹妹。爸爸依然和妈妈闹离婚，不吃姥姥做的饭，每天早上不吃饭就上班，中午在厂里食堂吃完饭，顺便给下午买两个馍回来，下班后先在他那张三屉桌上看电视里播放的《电工原理》，看完后用开水泡一大缸子糖水就馍吃。有时姥姥包了馄饨，下好一大碗端到他面前让他吃，那他也不吃，无奈姥姥就放在桌子上，有好几次但不是每次，他会趁人不注意时偷偷将馄饨吃了，姥姥看着空碗很高兴，并偷偷告诉妈妈，妈妈也暗喜。

忙碌是治疗忧郁最好的方法，反之空闲则会催生忧郁的种子，并使它发芽。从小到大，直到上高中住校以前，曹玉颖的生活和学习都非常紧张，几乎没有时间忧郁，每天上学放学，回家给全家做饭，晚上学习完，睡觉也很香。星期天洗床单被子，那时没有洗衣机，洗衣服及被单都是用大盆泡着架着搓衣板搓，一般用洗衣粉泡一大盆衣服，先洗好一点的衣服，颜色浅的衣服，洗出一部分，清一部分。再晾到楼下绑的绳子上，洗到最后累了，没劲儿洗了，把那些不好的烂衣服随便洗洗了事。

二

宿舍有一位同学，是住在曹玉颖下铺的一班的曹文，曹文是电力设计院的孩子。这位知识分子堆里长大的孩子有一种与生俱来的距离感。她把她自己的生活安排得很有规律，做事一板一眼。每天吃完中午饭，曹玉颖就陪着曹文到学校后院的水管处去洗碗筷，然后看着曹文收拾好自己的文具，上床睡午觉。曹玉颖心里暗暗地羡慕曹文，曹文的内心怎么会那么平静呢？与曹文相比，自己的内心怎么那么躁动呢？

因为住校了，闲暇时间多了，学校中央的会议室中订了许多报纸，像《人民日报》《光明日报》等报纸都有。空闲下来她和宿舍的同学会去看报纸。当时正是对真理标准问题讨论的时候，报纸上的许多理论文章，有哲学、文学、史学、政治经济等各方面的文章，曹玉颖都看，并且觉得其中的道理自己好像都懂，并且结合着自己在《收获》《当代》《十月》上看的那些小说，有时还思考这其中有些问题。但其他同学同样看了报纸，内心的反应却没有曹玉颖大，只是随便翻，扩大知识面而已。

住校后，每到饭点儿，住校的男女同学和老师都得到食堂排队买饭，食堂有两个窗口，每天吃什么饭在窗口旁的小黑板上写着，让曹玉颖印象最深的饭就是当时食堂做的坛子肉，也不知道怎么做的，肉很烂，肥而不腻，特别香，但因为伙食费有限，不能每次都买着吃，平时只吃些便宜菜。即使这样伙食费仍然不够。这让曹玉颖很难堪，妈妈又不可能追加伙食费。下铺曹文的饭票总是很充足，有时饭票不够了，也能立即从家里拿来钱去买。虽然曹文和曹玉颖比较要好，但曹玉颖绝不会开口向曹文借饭票的，自尊心使然。倒是跟她同在上铺和她挨着的朱立文观察到了她的窘境，但她知道朱立文的饭票也不充足，有时也不够。她面临断顿的情况时，朱立文几次都偷偷地不动声色地塞给她一些饭票，她在尴尬中接受了朱立文的好意以解决自己的燃眉之急。

那时开始兴做学生服，星期天回家曹玉颖看电视上设计学生服比赛，看着那些款式新颖的学生服，她觉得那似乎是天方夜谭。想不到不久她们学校也要做学生服了，好像只是统一款式小翻领，统一颜色藏蓝色，是自己买了布料做。回家和妈妈一起去商场买面料时，她不忍心，妈妈也舍不得买价钱较贵的双面卡，而选择了买那种便宜些的单面卡的面料。那时妈妈每天早上上班前把当天买菜的钱给姥姥，一天最多两块钱，于是姥姥省吃俭用地去菜场买菜。有时买一块钱马面鱼后，剩下再买些素菜。又一次她路过菜场旁的一个垃圾堆发现里面扔了一些烂冬瓜，但有的大冬瓜只烂了一半，于是她捡了半个尚未烂掉的冬瓜回去烧烧吃。夏天到了，黄瓜长老了，变成老黄瓜，价钱也便宜了。姥姥买几根回去，将黄瓜皮刨去，削成滚刀块，和少量的腌制过的新鲜的肉一起炖着吃很好吃。有一次去新菜场买菜，她旁边一个和她一样穿一件铁灰色大襟罩衫老太太也在排队用副食票买豆腐，两人无意中说了几句话，发现她俩竟然是老乡，都是宜兴人，这个老太太的女儿女婿都在黄河厂，两人话很投机，之后两个老太太便经常来往，家里人也称她为黄河老太婆。黄河老太婆年轻时在老家是个裁缝，老家还有两个儿子，一个儿子智力有点问题，没有成家，有时在饭店讨些饭回来吃。黄河老太婆每月给智障儿子写封信，里面加五元钱，她平时也牵挂着这个儿子，另一个儿子不用她操心。

买了做学生服的面料后，因为价钱稍微便宜些，姥姥就让黄河老太婆按照学校要求的款式给曹玉颖做，但因为面料差点，穿在身上不挺，有时会变得皱皱巴巴的，领子也不怎么平展，让曹玉颖很不满意还有点遗憾。而下铺的曹文的学生服是双面卡的，样子和款式都很挺刮，让曹玉颖很羡慕。

有一次，曹玉颖和同宿舍的王喆星期天都没回去，早上在宿舍睡了个懒觉，王喆出去在学校斜对面西边的商店里买了些芙蓉切回来，一个在靠窗的上铺，一个在壁炉旁的下铺坐在被窝里看书，王喆不时地将买回去的芙蓉切递给曹玉颖吃，一斤芙蓉切两人一块儿吃很快就变得不多了，而王喆仍不介意地让曹玉颖吃，曹玉颖为自己的贪嘴而内疚不好意思，但又控制不住自己对食物的欲望。

一班和二班的英语张老师是个印尼华侨，家就在离学校不远的热功所。上课时，他根据课本内容旁征博引很认真，同学们要随着他的讲课进度做笔记。上高中不久，陌生的环境让曹玉颖上课很认真，英语笔记也做得很好，心里也还很尊敬各科老师。随着她和吴沛茹的交往以及开始看小说就变得有点玩世不恭，开始放松自己了。有一次，吴沛茹对曹玉颖说了张老师的坏话，好像是说张老师对张师母不好什么的，这让张老师在曹玉颖心里的地位一落千丈，上课时就不像原来那么认真了，笔记有时就做的不全了。有时笔记落下了，她会借别人的笔记本补一下，而对张老师的印象却怎么都回不到原来的尊敬了。

当时全民兴起学英语的热潮，有《英语九百句》《灵格风》之类的学英语的书在社会上很风行，曹玉颖家有一套上下两册的灵格风的书，还有两张唱片，曹玉颖有时会听。曹文有一个很高级的收音机，带着黑皮套，中波、长波、短波三个波段都能收到。当时已允许听短波的《美国之音》了，曹文有时会用这个高级的收音机收听《美国之音》并学英语，曹玉颖很羡慕，有时也会借来听。

有一天，氤氲的天空中淅淅沥沥地下着小雨，在忧郁的细雨中，放学了。曹玉颖打着伞走到了学校的东边大上坡的十字处，她下意识地一回头，猛然看到她心目中的那个他，推着自行车向她走来。她变得很慌张而不知所措，又带着忧郁的希望，顿时愣住了，而他推着车子并没靠她很近，仅仅说了一句："你家有灵格风的书吗？"曹玉颖惶惑中像是肯定又像是回避，反正他得到的一定是一个含蓄而肯定的回答。然后，他们就在细雨中匆匆地分开了。两人都很快地消失在放学的人流和朦胧的细雨中。事后她总在想，他怎么知道自己家里有灵格风那套书呢？是不是自己和别人课间聊天时他听到了呢？

在曹玉颖忧郁而漫长的青春岁月里，情感幽怨而细腻，内心深刻而敏锐。她还把那个朦胧雨天的那一幕向曹文倾诉，那感情同样是幽怨的。曹文听后两人共同将那个他批判了一番，说他不该。然后，曹玉颖带着幽怨释放后的微微轻松，在上铺即将入睡。忽然听见嗡的一声，像是宿舍的门被谁推开似的响声，曹玉颖一下被惊醒了，她吓了一跳，猛然在床上坐了起来。下意识的恐惧地说:"怎么了?"曹文在下铺不紧不慢地回答没怎么。曹玉颖又问:"什么响?"曹文反应过来说:"没什么响。可能是我刚才不小心拉长凳子的声音吧!"曹玉颖的紧张情绪有所缓解地说:"吓我一跳!"曹文又说没什么,惊醒过后不久曹玉颖便又睡去了。

这期间还发生了一件奇怪的事,就是曹玉颖他们班有个男生叫崔西安,不知道为什么和别人调换了座位和她同桌了,她注意到崔西安英语笔记做得很全,她曾大着胆子向他借过笔记抄,崔西安好像很乐意。他的笔记本有时好像是她妹妹用过而又不想用的那种抄英语的五格作业本。

三

1981年世界杯排球赛时,全校都沸腾了。校长将学校唯一的一台彩色电视机搬进了会议室,所有住校生都围坐在电视机前看中国女排和日本女排的最后那一场冠军争夺赛。同学们的热情也感染了曹玉颖。比赛的紧张有趣让曹玉颖投入进去,日本女排的防守真是很严,中国队每次扣球都扣不死,要来回几个回合。曹玉颖紧张得手心里直冒汗。但在和球手铁榔头、二传手张蓉芳、陈亚琼等女排球队员的拼搏下，中国队终于获得了冠军。女排队员的这种顽强拼搏精神深深地感染了曹玉颖。她决心发奋学习，把自己因看小说而失去的时间夺回来。高一下学期的化学曹玉颖因看小说而落下来了，为了迎接即将到来的考试，她准备夜以继日地补习化学。晚上宿舍灯熄了，曹玉颖拿着本书在会议室外昏黄的路灯下读书，但由于落下的内容实在太多，所以她高一下半学期的期末成绩还是下降了许多，只考了二十几名。

那一年，女排的夺冠燃起了大家对排球的热情，同学们中间学打排球的积极性很高，下午有时间就去操场练习打排球。曹玉颖看女排队员打排球游刃有余而自己打起来则并不轻松，首先发球就是一关，没有一定的技巧和力量，球是发不过去的，还有接球，垫球也是。为了攻克这些难关，曹玉颖在操场上卖力地练习着，她对排球的这种热情，班主任罗老师看在眼里，暗暗地欣赏着，但他没有表露出来。后来因为练发球和垫球以至于曹玉颖的两条胳膊上皮下都练出了许多血点，但她并不在意。

学校要进行一次歌咏比赛，班主任罗老师和班里的几个骨干在讨论唱什么歌的问题上意见非常不一致，曹玉颖特别想选《毕业歌》，她的内心充满激情，而其他同学对她的这一提议好像很不以为然，这让她感到很不解。罗老师的态度也不明朗。在罗老师办公室兼房子讨论这个问题的时候，她总是按捺不住自己的热情，总是在老师或别的同学还没把话说完时，她有了想法就要马上说出来，因而便会打断别人的说话，几次都是这样，就像后来1998年电视剧《还珠格格》里面的小燕子一样。她为此也很尴尬，但她就是抑制不住。最终，班里还是没唱《毕业歌》，唱的是《长征组歌》中的《四渡赤水》。只是她那段时间身体长得很快，瞌睡也特别多。每天早上都不能按时起床，窗外的阳光都已经透过窗户照进来了，做操的喇叭声响起，曹玉颖才不得不起床，并在做操的音乐声中，在老师和同学有意无意的注视中向教室走去。在那段时间，她头发也掉得非常厉害。

四

高一那个寒假不知该在哪里过，爸爸和妈妈还在闹离婚，家里空气很紧张，而此时曹玉颖的内心连她自己都捉摸不透。她感到孤独，于是寒假又到学校宿舍去了，此时，同宿舍的同学都回家了，放假时她的下铺曹文的爸爸和妹妹一起来学校接她，帮她拿行李回家过春节，曹玉颖暗地里观察着很羡慕。望着宿舍几张空空的架子床，曹玉颖觉得不是滋味。下了一场小雪，会议室门口的腊梅静静地开了，那几株鹅黄色的腊梅在空旷的校园里开得那样寂寞。临近过年了，曹玉颖还是回家了，妈妈在忙着收拾屋子，为过年做准备，即将到来的春节并没有给曹玉颖带来兴奋，压抑的情绪让她无心过年，并且她仍然穿着一身旧衣服，也不想为即将到来的春节添一件新衣服，妈妈似乎也没有理解她的情绪。奇怪的是家里来了两位不速之客——同班的崔西安和文科班的一位男生，文科班的那个男生曹玉颖不认识他但有点眼熟，她不知道他们为什么会在年前来自己家，他们的到来虽让她很意外，但阴郁的心情也没有因为这两个男生的到访有所改变，她也不太想理他们。

寒假过后，开学了，考大学的压力也越来越大。曹玉颖不想受高考的约束，总想自己探讨一些问题。上高一时通过对力学勤的分析的学习，使她的物理思维能力被启蒙了，因为有一次星期天去书店发现了一本苏联人写的被翻译成中文的物理辅导书，她看进去了，后来学圆周运动时，她将这本书里相关章节同自己的课本联系起来看，弄通了、弄懂了。高一第一学期的那个物理老师在讲圆周运动时讲得抽象，同学们都没怎么听懂，下课放学了，曹玉颖没走和物理老师进行了讨论，同班的赵玉侃也没走参加了讨论，终于将这个问题弄懂了。因此，物理老师因此对曹玉颖印象很深。

高一结束时，三角函数基本学完，放暑假前，数学老师布置的暑假作业，除了书上一部分相对容易的习题外，还另外印了两张对折的 32 开纸的三角函数习题，较难些，曹玉颖暑假认真做了，她反复地推敲，大部分习题都做出来了，最后剩下三道习题就是做不出来。开学了，一天下午，数学老师兼班主任罗老师单独找到曹玉颖，曹玉颖就跟着罗老师到数学教研室去，在罗老师的稍微提示下，一会儿，她就对那三道题开窍了，全都做出来了，她感觉到自己的大脑似乎接收到了罗老师大脑的脑电波了。

　　高一下学期，一班和二班换了同一个姓王的物理老师，听说他是自学成才的，他对做物理习题不怎么重视，而在对物理现象分析时很注意物理过程的讲解，总是在理论上予以阐释。一班有的同学对这位老师的讲课风格不怎么满意，说高考主要是考习题的，而曹玉颖则喜欢听王老师的讲解，但在老师对种种物理现象进行详尽地分析后，有时曹玉颖仍对有的环节理解得不是很清楚，于是课间休息时就想和老师讨论。但课间老师想在门口或走廊里抽支烟，而曹玉颖则想和物理老师更进一步地探讨物理问题，缠着老师因而打扰到老师抽烟，曹玉颖也为此感到难为情和尴尬。而且她也注意到一班的男生在课间休息时也注意到她的这一举动，她感觉他们在偷笑她。一班有的没有住宿的同学像于立光等为了加深理论物理的学习，甚至买了力学部分大学里学的《大学物理》。自习时间，大家都在宿舍热气腾腾地学物理，曹玉颖看他们买的《大学物理》觉得也很容易理解。一班也有几个同学甚至在私底下想提前一年考大学，宿舍也有几个同学跃跃欲试。

　　语文老师李老师一直教得很好，但曹玉颖不太感兴趣，同宿舍的武秀玲的作文总是写得很好，经常得到语文老师的好评，精彩的句子老师还会用红笔圈出来，而王喆她们也会到学校后排语文老师的宿舍兼办公室去找李老师聊天，谈思想。吴沛茹和曹玉颖有时也跟着去，但曹玉颖敏感地发现语文老师有时说话会有所保留，无法说得很透，好像有所顾忌，这种顾忌让她很困惑。

又有一次学到《史记》中的相关篇章，语文李老师讲到司马迁被处以宫刑。私下里王喆好奇地问老师："宫刑是什么？"语文李老师其实不太想回答这个问题了，勉强地说："宫刑就是割掉男性的生殖器。"谁知王喆还不开窍，又继续说："生殖器是啥？"这时李老师面露愠色，王喆也感觉这个问题不能再问下去了。

上高中后，体育课上得很有特色，即男生和女生分开上。学校有两个操场，校园内西边有一个小操场可做排球场用，学校后门外面还有一个可做足球场用的大操场。平时上体育课都在小操场，操场东西走向，南北方位为长，东西方向为宽，操场东边有个主席台。体育教师是唐老师，其实，唐老师年纪不是很大，但是头发大部分都白了，他留个分头，头发总是吹得很有型。上体育课一般是男女生一起沿小操场跑几圈，然后男女生便分开上。先给男生上，女生自由活动，男生一般是在单杠上做引体向上或在地上做俯卧撑，男生跳马跳高跳远等，女生则在舞台的垫子上做前翻滚后翻滚。

一班有个女生名叫丁为，春秋两季她总穿一件深粉色条绒衣服，脸蛋圆圆的、红红的，让曹玉颖想到了红红的苹果。丁为不但长得好看，而且学习也很拔尖。一次，不知宿舍的谁将丁为的作文本拿来传着看。曹玉颖也看了，内容好像和《基督山伯爵》有关，令她印象深刻的是，她那篇文章用一、二、三、四、五的标题分了五段，而这种形式是曹玉颖以前看同学作文没看到过的。曹玉颖打心眼儿里佩服她。

高二时，他们二班又换了一位女物理老师。开始学电学了，老师讲课总是啰啰唆唆讲不透彻。为了应付即将到来的高考，她总是讲一些莫名其妙的习题，而且讲得不深不透，大家都听得一头雾水。尤其到了五六月份的下午，教室里热气腾腾，五六十个学生挤在一个教室里闹哄哄，物理老师极力提高嗓子想将底下的嗡嗡声压下去，但无济于事，因而影响了曹玉颖对电学的学习，但她也还不甘落后。总拿着课本自学，在学习过程中，她有很多灵感，在书上做了很多眉批，每次在看物理书时都思如泉涌。她觉得电就像灵魂，看不见，但存在着，人们都能感受到它的存在。有时，在夜晚会议室旁边昏黄的路灯下，她想将她看物理书时写的眉批及感想整理成一本物理教科书，将辅导书寄给远在安徽合肥教物理的叔叔，让他帮着整理出版一下。但这只是一时的想法。

教室里更加嘈杂。这些噪声吵得曹玉颖极度烦躁，她的头被吵炸了，她的神经受不了了。她的座位后刚好是教室的窗户，于是她灵机一动，身手矫健地从窗户上跃出去了，稳稳地跳到了地上，她似乎听到了伴随她的跳出，身后有一阵轻微唏嘘的起哄声。她也没在意就回宿舍去了，等睡了一会儿脑子里已不存留什么了，这时已经放学，在校园里碰到了同班的从慢班升到他们班的同学李焕霞，她紧张地抓住曹玉颖的手说："你刚才咋回事？"曹玉颖没明白她说的什么，不解地看着她，之后，她马上反应过来她是指自己跳窗户那件事，她的脸一下子红了，心里有点儿内疚和难为情。那时，她没有意识到自己的这一举动来自她遗传基因里的叛逆。自从这次事件之后，她的情绪就一直处于焦躁状态中，日益临近的高考也让她很焦虑，她的情绪总是稳定不下来。

五

随着对文学书籍的涉猎以及青春期的到来，曹玉颖的情绪变得忧郁起来，开始对自己的生活进行反思。同时宿舍同学们中间不断传看的文学杂志也影响着曹玉颖的思想。当时的《灵与肉》《蝴蝶》等伤痕文学及反思文学在《收获》《当代》等杂志上刊载的时候，这些杂志在宿舍同学中传看，在这种情绪的影响下，及她和吴沛茹的相互影响下，她们都开始变得玩世不恭和忧郁起来。宿舍中的一班同学吃完饭都去上自习了，曹玉颖坐在教室一会儿就不想上自习了，回到宿舍坐在床上，看起小说杂志。过一会儿，一班的武秀玲也回宿舍自习了，于是她和武秀玲聊了一会儿，武秀玲想学习了，而曹玉颖还意犹未尽，过一会儿，同宿舍一班的王喆回来了，她又想和王喆聊，她有那么多思想想和大家交流，但又觉得挺内疚，因为这样的交流会浪费别人的时间，影响自己和别人的学习。

有时吃完晚饭，同宿舍一班的大部分同学都去教室上晚自习，而曹玉颖总是上一会儿自习就想回宿舍看杂志、看小说，或听收音机。在看《安娜·卡列尼娜》时，她总追着安娜和渥伦斯基的那条爱情线索看，对列文她有些不理解，所以写列文的章节她不太感兴趣，而看完后总也想不通为什么安娜那么好的人会有那么悲惨的结局呢？

同宿舍的同学中也不断地在传阅像《当代》《收获》这类杂志。一天晚上，曹玉颖拿到一本《当代》，那上面有一篇蒋子龙写的《赤橙黄绿青蓝紫》，同宿舍的武秀玲看完了，轮到曹玉颖看时已下了晚自习，她回到宿舍，坐在床上，迫不及待地看起来，一下子被书中的主人公刘思佳和解净感染了，尤其是刘思佳让她着迷，而刘思佳和解净最后在砂石场的那些场景似乎就在她眼前。看完第一遍已经 12 点多了，同宿舍的人都已进入梦乡了，而曹玉颖抱着这本杂志仍爱不释手，她有了再看一遍的冲动，而书中人物刘思佳的做派让她联想到自己后排吴沛茹的同桌徐讯，尤其是他那长长的头发、玩世不恭的眼神，她怎么觉得自己什么时候竟然爱上他了。

六

　　王喆的上铺罗晓辉和王喆是同一个子校考去的。罗晓辉学习很认真，跟着老师进度学，各门功课都学得很好。数学无论是高一一班的全老师教，还是高二温老师教，她的数学笔记总是做得很完整，而解析几何尤其学得很深刻。曹玉颖因沉迷于看小说，解析几何学得和她们有了差距，学习的深度还远不如高一时的三角函数。而还有一个男神即她们班的学霸向家林，几乎是全年级女生的偶像。因为他初中也是在这个学校上的，曹玉颖也注意到过这个男神，他家在离学校不远的热功所，上放学路上出了校门往东走，上了大坡向北拐一点就到了。他总是穿着一件半旧的黄色军装，背着一个军黄色书包，曹玉颖通过观察感到向家林总是把自己的情绪把握得很好，总能心态很平和地专心学习，这也让她感到佩服。她根据自己在初中暗恋物理科代表的经验，总觉得罗晓辉也会暗恋向家林的。于是有一次晚上在宿舍同学都去教室上自习的时候，曹玉颖偷偷将罗晓辉压在褥子底下的日记本拿来看，发现罗晓辉果然暗恋一位男生，但她日记本里没有写名字而用字母 K 代表那个男生的名字，曹玉颖偷看日记后仍一头雾水，也不能确定这个男生是否就是向家林，其实，曹玉颖也有点暗恋向家林。她们宿舍进门的右上铺还有一个漂亮女生很引人注意，是李玉钦，她的身材和面容都很完美，学习也很认真，从不被情绪左右，因此，她的学习成绩也很稳定。她也有写日记的习惯，有时晚上下了晚自习，她会拿出日记本坐在宿舍放碗筷的课桌上写一会儿日记，然后洗漱上床睡觉。早上不像曹玉颖那样赖床，而是按时起床，然后冲些麦乳精就着馍吃，这就算是早饭了。随着课程的深入，宿舍的同学下了晚自习，都还要在宿舍再看一会儿书，但宿舍的灯光太暗，于是，大家都纷纷在自己的床头安装各种各样的台灯。朱立文拿一个带塑料夹子的台灯，曹玉颖也从家里拿了爸爸用过的台灯自己装在床头，反正就地线火线两根线，连接好后用胶布缠上绝缘。在宿舍里面的郭萍莉也准备装，但她不敢自己动手装，于是曹玉颖就帮她装好了。

有一天，李玉钦她哥哥来了，带来了电线、黑胶布和台灯。他来了后，跟李玉钦稍做寒暄就动手给李玉钦装起了台灯。兄妹俩简单而略显陌生的接触也让曹玉颖觉得好奇。

随着高二学习程度的加深，罗晓辉周末从家里带了一罐头瓶子的小草虾，几个生鸡蛋。红红的小草虾格外诱人，有时早上打一个生鸡蛋，用不是很烫的开水冲开，放点白糖喝下去算是增加营养，而那一罐头瓶小草虾，她要吃好几天。好像听罗晓辉说小草虾是她爸爸在什么水渠里捞的，曹玉颖暗自想，哪里的水渠里有这种小虾。小时候随母亲在灞桥区河边及水渠里怎么从来没发现这种东西。倒是依稀记得小时候在老家好像吃过这种小草虾。

七

刚上高一时，吴沛茹和她特别要好，后来不知怎的，吴沛茹又有意和她疏远了起来，转而和朱立文、李玉钦她们要好起来，这对她来说是个打击，她有点接受不了，这种情绪又无法释放。有一次，同学们都到后操场干什么去了，她一个人在小操场双杠跟前不开心，看见语文老师笑着来到她跟前，老师问她怎么了，她没说，但她感到有人关心自己了，因而将这不愉快的情绪排解了，破涕为笑着说："不怎么！"

隔了一段时间，吴沛茹又主动和她亲近了些，但没有高一时那么铁。吴沛茹好像说她去过李玉钦家什么的，还说李玉钦的父亲在唐山大地震时去世了，而李玉钦也经历过唐山大地震，当地震来临时逃出来了。人都选择待在铁路两旁，并听得到地壳挤压运动时发出的声音，那种恐惧是无法想象的。并说李玉钦的腿上还有一块地震时蹭破的皮，伤口长好后，里面还有污垢长在里面。这些都是曹玉颖听吴沛茹说的，但她始终没有和李玉钦走得多近，以致李玉钦不会跟她说这么多体己的话。

后来就在大家都紧张复习临近高考的时候，李玉钦突然转走了，转回到她原来的学校，原因不得而知，但从宿舍同学的议论中，曹玉颖得知似乎教数学的温老师对李的转学很失望，也为转走的这个好学生而伤心。不知李玉钦可知晓此事。

在上高二不久，李玉钦转走之前，吴沛茹竟神不知鬼不觉地不见了，此时，曹玉颖也在经历着痛苦的青春期抑郁，再加上物理课从窗口跳出去的事，虽然谁也没当着她的面批评她，她有时想起来会不安。吴沛茹她妈来学校办转学手续时，好像班主任罗老师在吴沛茹母亲面前说，她俩整天钻到一起叽叽喳喳，还将自己跳窗的事告诉了吴沛茹妈妈，吴沛茹她妈感到很震惊。

吴沛茹转走一段时间后，到高二放寒假时，吴沛茹来到曹玉颖家，告诉曹玉颖自己转到户县一中了，回家过年前还要补一段时间的课，让曹玉颖跟她一起去户县一中待几天，顺便还能上几天课。曹玉颖有点犹豫，因为刚好妈妈不在家，没有盘缠。但因为曾经的友谊及吴沛茹的极力鼓动，曹玉颖决定跟吴沛茹去户县一趟，曹玉颖于是向她家楼下二楼的曹立云她奶奶借了15元钱，并给妈妈留了一张纸条就跟吴沛茹去了火车站，买了火车票一起踏上了去户县的列车。

在上一个寒假，崔西安去曹玉颖家前，腊梅正开的时节，曹玉颖曾和吴沛茹一起去动物园玩，那是一场大雪之后，雪大概有六七寸厚，大雪之后的动物园几乎没有什么人，一片凄清的景象，走过小桥，小桥上的雪让桥面很滑，周围的雪很厚，上面几乎没有人涉足过，她和吴沛茹踩在雪上格外刺激和兴奋，内心有一种释放压抑后感到的堕落，因为感到这种释放过于奢侈。她们在厚厚的雪地里双手抓雪球，打雪仗，在雪地里翻滚、嬉笑、打闹。周围就她们两个人，她俩恣意地笑着、闹着。雪野中孤独地在窝棚中听着的猫头鹰，睁着两只大眼睛远远地静静地看着她俩，看得曹玉颖对自己的放浪形骸都有点难为情了，放眼望去公园里的雪在阳光的照射下，有着银色的反光，以致她们感到有点刺眼，玩了一会儿就离开了，不知吴沛茹如何，反正这次去公园玩在曹玉颖脑海中的印象十分深刻，并让她一直有点负罪感。

上了火车，她俩坐在自己的座位上用忧郁的语调谈论着什么，两个小姑娘的谈话及行动，引起对面座位上的两位大哥哥的注意，他俩有意想加入到她俩的谈话，但她俩回避了。他俩于是流露出一种坏笑。曹玉颖当时在想她俩对面的小伙子该不会以为她俩逃票了吧！于是她俩就在兜里翻着找票，找了一会儿也没找到。火车不一会儿就到户县车站，她俩下午四点多的火车，在寒冷的冬天，到户县站就下了火车。天已经暗下来了，户县火车站是个小火车站，有着一般火车站落寞的凄清，这让曹玉颖感到荒凉和冷寂。火车站几乎看不到几个人。在暗色中她俩走出火车站走到了户县一中。吴沛茹跟门房的老头打了个招呼，显然是熟识的人。于是就进了大门，到了她住的地方，她住的地方在前排教学楼的一楼拐角的一间长长的房间里，有20多平方米，就她和一个女孩两个人住，女孩的床靠门的南侧，吴沛茹的床在靠里面的西北拐角。初见那女孩感觉像她看的《简·爱》里的那个追简的那个牧师的妹妹。果不其然，过了没多久来了一个男青年，过来跟那女孩说话，并对着吴沛茹嘘寒问暖。那男的走后，吴沛茹告诉曹玉颖，那男青年是她同房间女孩的哥哥，就在学校工作，也是她的一个远房亲戚。曹玉颖心想自己刚才的感觉是对的。简单地收拾过后，吴沛茹从包里拿出了一小袋小笼包子，让女孩吃，同时也招呼曹玉颖吃。曹玉颖感到很惊奇，她没看到吴沛茹在西安买包子呀！怎么就变戏法似的就拿出这些小笼包子。她吃了两三个，那女孩也吃了几个。

接下来，第二天上课，吴沛茹说让曹玉颖跟她一起听课，于是她俩挤在一个座位上听课，第一节是数学课，数学老师是位女老师，高二的数学，老师讲得特别细，生怕学生听不懂。曹玉颖觉得没有必要讲得像嚼过的馍一样，因而感到没罗老师讲得好。下来一节语文课，老师是位中年男老师，他教得还挺好的，曹玉颖爱听。课下这位语文老师对她俩挺感兴趣，在教室门口和她俩聊天，当聊到曹玉颖是三中的学生时，又聊到三中语文老师李兆奇时，他居然还认识。于是讨论了一会儿语文的学习及李老师的话题，这让曹玉颖感到久违的熟识。同时内心也有微微不安，觉得自己在三中的语文课上表现得差强人意。虽然李老师没有批评过她，但她总觉得自己愧对李老师。

上午上完四节课，到了吃中午饭的时间，在灶上吃饭的同学们一人手里拿着一个饭碗排了长长一队，午饭是珍珍面，用一个特大锅盛着，又像一个小雷达大小，炊事员手里拿着一只舀水用的大瓢，从那个大锅里一勺一勺地舀饭。一人一勺，队伍移动得很快，不一会就前进了很多。景象显得很壮观。曹玉颖和吴沛茹没有加入进去。吴沛茹带着她去教工灶上买的馍和菜，在那儿，她又发现了那位女孩的哥哥，似乎在学校里管着什么。

第二天一大早，天还没亮，在校的学生们都在起床铃的催促中起床了，看到的情景同样壮观，学校的几十个班的学生都排着整齐的方队，在操场上跑步，脚步声和叫操老师的口哨声在黎明的操场上显得十分震撼，曹玉颖也加入到这个跑操的队列里。因为是冬天有的女同学也手戴袖套，头裹方巾，跟她小时候在老洞小学的女同学一样的装束，并让她想起了小时候妈妈学校的一些经历。

没补几天课就放假了，学校伙食也不开了，曹玉颖和吴沛茹仍没有离开学校。这一天的中午，她俩出校门左拐沿路向西边走去，走到南北路和东西路交汇的十字处，有一个卖饭的摊贩，买白蒸馍和苞谷，但馍还是凉的。摊主在确定了她俩想在他那儿吃饭后，就叫他媳妇给她俩馏馍，苞谷则是现成的热的，还有一盘自家腌的红白萝卜丝咸菜。咸菜切得很细，还拌了些辣子油。那馍吃起来有一般新麦的香味。

吃完饭，她俩沿马路向南边走去，到了县城的中心街道上，这里有点热闹，也有了快过年的气氛，她俩在城中心的大商场大概转了一下，于是又过了马路来到商场对面的新华书店。此时，新华书店还比较热闹，许多刚发行的书在这里的书架上也能看到，她俩买了一两本书就回学校了。

曹玉颖发现吴沛茹有一个笔记本抄了好多名人名言，有许多话听了很有启发，于是她也买了一个黑皮小笔记本，抄这些名人名言。吴沛茹的本子上抄得满满的，她也下决心想在她离开之前将吴沛茹的笔记抄完，于是赶紧赶快抄。最终还是没抄完，抄了一大半便离开了，而曹玉颖也发现吴沛茹在三中上学常拿的书《燕山夜话》，她也把这书带到了户县，作者马南邨。

八

随着思考的加深，曹玉颖每个星期回家，趁爸爸不在家，总在爸爸的书堆里翻看各种各样的书，记得还是在子校上初中时，曹玉颖将书堆中爸爸的英语简易读物，有《汤姆索亚历险记》《远大前程》《简·爱》等好多本书翻出来，有时看，但虽然有注解，但还是不能完全看懂，看起来有点费劲。曾经还借给初中女班长吴玉茹，但好运不长，没几天就被爸爸发现了，他大发雷霆，不但让她把书要回来，连她也不许再动他的书了，曹玉颖弄过几次这样的事，觉得很尴尬。

家里的书堆中还有 50 年代苏联的《大学物理》《普通化学》等，都是繁体字，有时翻出来发现有的化学方程式已学过，还能看懂些，还有一本《离心泵原理》等等，还有《飞毛腿的故事》，梅里美的《卡门》等。看了《卡门》是似懂非懂，感觉怪怪的。还有《哈克贝利·费恩历险记》，等等。有时家里没人时，她还会偷偷将爸爸的电唱机拿出来，连到家里那部老收音机上放唱片，大部分都是塑料唱片，有圣－桑的《天鹅》,《致爱丽丝》等，还有几张胶木唱片等，每次，她都是偷偷地听，不能让爸爸知道，发现了回来会吼叫的，因为他舍不得让曹玉颖听，但有时候发现了他也会选择沉默。书堆中还有让曹玉颖感兴趣的《中华活页文选》，都是一期一期的，有一期中还有一篇《史记》中的文章，像《项羽本纪》《刘邦本纪》等等，大部分能理解。还有爸爸 50 年代看报时剪下的报纸贴本，回家翻翻这些书，觉得都很有价值，她爱不释手，于是将许多书都拿到学校宿舍。学校宿舍的窗台上只有一本书宽的套边，书多了没处放，于是曹玉颖将书放在自己床上方的窗边上，可是还不够放，又放在门框上的套边上，她为自己发现这个放书的地方感到创意十足。同时担心放在门上别的同学有意见，毕竟自己侵犯了公共空间，但还好，没发现有宿舍同学提出异议。于是有时不去上自习将这些书翻来翻去，似乎都能看懂。有时她坐在自己的上铺翻着这些书，她对面靠北墙边下铺的武秀玲在底下做作业，但她觉得武秀玲对她的举动总会有意无意、彼此又心照不宣地回应，但同时又觉得自己好像不好好学习，整天东想西想。

九

随着对文学、哲学等方面知识的涉猎，曹玉颖变得更加忧郁。除了伤痕文学对曹玉颖有影响外，她对马克思主义哲学研究的兴趣也甚浓。在种种思考的影响下，曹玉颖终于在离高考只剩下三个月的时候准备转文科了。

有一天晚上，曹玉颖正在宿舍看书，他们班的崔西安得到消息后，带着紧张的表情鼓足勇气来到她们宿舍，说有话跟她讲，曹玉颖不知道他为什么要找自己，她很不情愿地跟崔西安走了出去。他们走到学校中间的山墙时，崔西安跟她说：你高一的课程学得还可以，你把高二的课程好好复习一下，考大学还是有希望的，你不要转文科。曹玉颖听后一愣，心想你管得还真多，她也没太搭理他，说我要回宿舍了。

曹玉颖于是在离高考还有三个月的时候转了文科。她感到压力也很大，其实，曹玉颖历史和地理基础并不好，所以很刻苦。文科班的同学也很欢迎她，对她很好。班长王保利经常跟她一起复习，有时，王保利让曹玉颖在复习近代史时到她家去，晚上她俩一起复习。有一天，保利妈妈做了花生鸡蛋甜拌汤和菜就馍，冬天吃着热拌汤觉得胃里很舒服。有一本书上归纳了孙中山先生发动几次起义的时间及经过，曹玉颖很受感动，忍不住对保利感慨一番。

高考结束了，保利因为基础扎实，考上了黑龙江商学院，宿舍的绝大部分同学都考上了大学，其中也包括曹玉颖的下铺曹文，曹玉颖却因历史和地理都只得了31分而落榜。严酷的现实使曹玉颖冷静下来，她准备复读一年。

因为高中已经毕业，学校不再提供住宿，曹玉颖就搬回了家，她带着忐忑的心情回子校复读。同时，她也极力克制自己不受其他书刊的影响而专心学着高考的课程，她几乎有些偏执，把历史和地理书，一句句地看着，把有可能作为填空的词都写出来，简直都有点将句子分解开来。同时她也觉得这里的英语老师没有原来学校的英语老师教得好。此时，正好她在贵州的舅舅给他们家托运来一辆自行车，好在子校离她原来的学校不远，骑自行车走小路大约15分钟的路程。有时，她在子校上完历史课然后骑上车子到原来学校去上英语课，有时候她在三中这边上英语又怕耽误那边的历史课，于是就让同学录下来回来再听。刚开始她借同学的录音机录，但时间长了她就觉得不好意思了，她想让父母给她买一台录音机。此时爸爸妈妈的婚姻已走到了尽头，他们已经离婚，只是他们分开住了，东西还没有搬走。曹玉颖感到很压抑，晚上在厨房昏暗的灯下学到很晚了，打洗脚水哗啦哗啦的声音很刺激她的神经，终于她忍不住了，放声大哭起来，妈妈吓得出来看，却不知道为什么。于是妈妈和爸爸商量两人合伙给她买台录音机，妈妈爸爸各出一半钱，于是，妈妈给了爸爸一百多块钱，爸爸买回来了一台录音机，但令她很失望的是这台录音机顶多也就一百多块钱，爸爸可能根本就没有往里添钱。

虽然在高考的压力下，不得不认真学习高考的课程，但她也没有停止思想探索的步伐，当时，电视上演了一部《卡尔·马克思的青年时代》的电视剧，为了看这部电视剧，为了了解马克思、恩格斯在当时社会的生存环境，曹玉颖那些天几乎天天晚自习时候到附近的同学家去看这部电视连续剧。她深受启发，也了解了马克思、恩格斯生活的时代背景。

复读的下半学期到了，三中说可以收她复读，但是要收她六块钱的学费，曹玉颖犹豫了，她想仍回三中复读，可又不敢跟妈妈说，恐怕妈妈说她跳来跳去，让她不好做人，于是就没告诉妈妈。一天晚上，晚自习下了以后，她和子校她班班主任兼历史老师王永琪一路走出校门，她把自己的担心说了出来，王老师说，"你在哪里上都无所谓，只要你觉得咋样对你学习有利就行。"接着又问，"你有什么困难没？"曹玉颖不好意思地说要交六块钱学费，王老师二话没说从口袋里掏出六块钱给曹玉颖并问够不够，曹玉颖连忙说够了够了，谢谢王老师。这样，她就又回三中复读了一学期。

第二年高考临近了，家里的气氛太压抑、太紧张。她文科班的同学苏洁第一年也没考上，在苏洁的邀请下，曹玉颖住在苏洁家和苏洁一起复习功课。苏洁的爸爸是从部队转业下来的，夫妻关系和睦，而且她家地方大，吃住在苏洁家也没关系。苏洁爸爸也很喜欢曹玉颖，甚至说要认曹玉颖为干女儿，说再多一个女儿也很高兴。宽松的环境、和谐的气氛让曹玉颖心情很舒畅，顺利地通过了高考，比上一年多考了180分。

高考过后该填写志愿了，曹玉颖在填报志愿时的第一想法是想回南方上学，尤其想上复旦大学的中文系。因为那里是伤痕文学的发源地，她想把父母亲之间的矛盾引起的伤痕及历史背景反映出来，于是第一志愿就报了复旦大学中文系。那年成绩下来分数普遍比较高，曹玉颖480分的成绩并不算太好，上复旦没希望。那会儿，曹玉颖的妈妈刚离婚，就曹玉颖这一个孩子判给了妈妈，如果她再到外地上学，妈妈会很孤单，于是，几经考量与辗转，曹玉颖并没有上复旦而是被西北大学录取了。

十

曹玉颖在三中复读时同班的应届生王文惠也被西北大学录取了。在开学报到前，曹玉颖约王文惠骑自行车去西北大学看一看，这一去让曹玉颖和王文惠大失所望。她们所看到的西大并没有她们所想象的那么气派、典雅，处处都显得混乱和破败，很显然1983年秋天的西北大学正经历着这个季节的萧条。

报到那天，妈妈和弟弟妹妹一起去送她，学校热烈欢迎着新生的到来。